UTOPIA SELVAGEM

DARCY RIBEIRO
UTOPIA SELVAGEM

Saudades da inocência perdida
Uma fábula

São Paulo
2014

© Fundação Darcy Ribeiro, 2013

6ª Edição, Global Editora, São Paulo 2014

Diretor Editorial
Jefferson L. Alves

Editor Assistente
Gustavo Henrique Tuna

Gerente de Produção
Flávio Samuel

Coordenadora Editorial
Julia Passos

Revisão
Alexandra Resende
Flavia Baggio

Imagens de capa e foto de segunda orelha
Spix e Martius, litografia, séc. XIX e Istock
Luciana Whitaker/Folhapress

Capa
Victor Burton

Projeto Gráfico
Tathiana A. Inocêncio

CIP-BRASIL. Catalogação na publicação
Sindicato Nacional dos Editores de Livros, RJ

R369u

Ribeiro, Darcy, 1922-1997
   Utopia selvagem : saudades da inocência perdida : uma fábula / Darcy Ribeiro. – [6. ed.]. – São Paulo : Global, 2014.

   ISBN 978-85-260-1934-8

   1. Romance brasileiro. I. Título.

13-02931
CDD: 869.93
CDU: 821.134.3(81)-3

Direitos Reservados

Global Editora e Distribuidora Ltda.

Rua Pirapitingui, 111 – Liberdade
CEP 01508-020 – São Paulo – SP
Tel.: (11) 3277-7999 – Fax: (11) 3277-8141
e-mail: global@globaleditora.com.br
www.globaleditora.com.br

Obra atualizada conforme o
Novo Acordo Ortográfico da Língua Portuguesa

Colabore com a produção científica e cultural.
Proibida a reprodução total ou parcial desta obra sem a autorização do editor.

Nº de Catálogo: **3600**

Para me consolar com meu irmão
Leopoldo Zea
e com meu mestre
Sérgio Buarque de Holanda
pelos nossos anos redondos: 60, 70, 80.

Sumário

Bandas e lados	11
Icamiabas	13
Sururucagem	21
Jurupari	29
Eldorado	35
Ibirapema	41
Guerra Guiana	47
A margem plácida	53
Calibã	55
As monjas	61
Brasis	69
Selvagens letrados	77
Orelhão	85
Cunhãmbebe	91
Desbundes	99
Tuxaua	101
Próspero	109
Poronominare	125
Felicidade Senil	133
Caapinagem	143
Vida e obra de Darcy Ribeiro	153

UTOPIA SELVAGEM

Bandas e lados

Icamiabas

Aí está o tenente cumprindo sina. Vive aqui na banda delas há tanto tempo e ainda não bisou. Cada dia é uma. Todo santo dia.

– Também não tenho escolha. É bonita e feia, moça e velha – diz ele. – Virgens, então, comi demais. Antes até achava que era bom. – Nunca supôs, inocente, que houvesse tanta. Nem que desse este trabalhão todo. A de anteontem sangrou horrores. Pitum se assustou demais com medo de galho.

– Não foi nada – disseram as donas levando a sangrada pro igarapé. Lá, mesmo com luz de lua, se viu a água escurecer com a sangueira que minava. Sumiram com ela. Onde andará?

É costume dessas donas andarem sempre nuas, devassadas, como suas mães as pariram. São formosas de corpo e de muito boas caras. Seus cabelos pretos são lassos, mas grossos como crina de cavalo. Numas horas caem escorridos, noutras são enlaçados em tranças. Sua vestimenta principal é andarem pintadas de tinturas pretas ou encarnadas com que se riscam como zebras ou se esquartejam enxadrezadas. Suas joias são coloridos adornos emplumados.

Não se entende é como esse povão mulheril passa sem homem. Pitum nunca viu nenhum. Não há. Nem pra remédio.

– Sou eu só. Sozinho, pra dar conta desse mulherio de nunca acabar. Ter homem elas têm obrigatoriamente de ter – pensava ele. Sem homem mulher nem nasce. É necessário: indispensável. Como é que elas não têm?

Não têm é cá, achava Pitum. – Certamente estarão metidos em outro lugar. Onde? Nada dizem! É o segredo delas.

Quando caiu aqui, esta foi a primeira coisa que Pitum notou: e os homens? Começou logo a perguntar por gestos. Apontava o pau, fazia uma cara indagativa e perguntava, em vernáculo:

– E os outros? Onde estão? Aonde? Cadê eles?

As donas não respondiam nada, só riam. Agora que traça qualquer assunto no dialeto, recebe a mesma resposta: risadas.

Sem explicação para tanto mistério, Pitum receia e indaga. Sabe que escondem dele esse assunto, por quê? – Vivo aqui é preso, cativo. Por que tanto mistério? Parece até que elas me escondem de alguém. De quem? Dos homens delas! Se é que elas têm, como com certeza têm. Necessariamente. – Este foi seu desassossego dos primeiros tempos.

Ao chegar, Pitum pensou que tinha caído no mulherio de uma tribo de homens guerreiros, todos mobilizados num Exército macho em combate. Tinha de ser, achava e temia.

– Qualquer dia os machos voltam e essa sopa vai acabar. – Viu, depois, que a sopa não era tanta; nem a probabilidade de acabar. Estava na cara: o serviço que prestava era tão regular como um rito. Sistemático.

– Sou é o fornicador delas – foi descobrindo. – Para isso me alimentam, me lavam, me enfeitam, me cuidam. Este, meu ofício: prenhador.

Sim, reprodutor, isto é o que ele é. Disto passou a ter certeza certa desde que umas quantas donas que conheceu no começo deram de vir pra mostrar a barriguinha estufada. Vêm sorridentes, exibem a pança nua e dizem, contentes:

– Tou prenha, bem. – Riem e vão s'embora. Na lei delas, cada dona tem direito a uma única trepada. É uma só: prenhou, bem; não prenhou, também.

Assim viu Pitum que era bobagem pensar que elas formavam a metade fêmea de uma tribo cujos machos estariam no Exército.

– É até mais provável que seja o contrário – concluiu. Passou a pensar que elas são é o Exército fêmea de um povo errado, cujos homens e meninos estarão não sabe onde, cuidando de roças e trens. Isto é o que parecia mais certo. Que elas são guerreiras, Pitum dá testemunho como militar de carreira.

– Gente melhor de briga não há. Treinam flecha e sarabatana o dia inteiro. Fazem ordem unida cantando e dançando que é uma beleza. – E acrescenta meticuloso: – A pontaria delas é minuciosa, fura olho de jacu. Fisgam até peixe nadando dentro d'água; dando, portanto, o desconto da tal paralaxe ou para-lá-o-que-seja. Sobem em árvore e furam mel de abelha em minutos com seus machadinhos de pedra.

Não precisam de homem pra nada que não seja aquilo: isto que, mal e mal, o preto faz diariamente, ao menos pra uma delas: a escalada da noite.

As duas distrações diárias de Pitum são a de acompanhar, de longe, a caça dos bugios e a de ver, de perto, as donas marchando garbosas cada manhã.

Na caça dos macacos usam sarabatanas. Arma maravilhosa. Basta um bando de guaribas urrar na mata pra sair uma delas correndo com seu longo caniço e o carcaz de setas.

– Lá vai ela buscar minha comida – sabe ele. A dona corre por debaixo das árvores com os olhos pregados lá em cima, procurando, até achar o capelão do bando. Aí, sem parar de correr, aponta e sopra. A fisguinha voa e volta, incontinenti, com o macacão espetado que cai lá no chão, paralisado: morto.

Pitum só se pergunta, desconfiado: por que será que elas não comem guariba, mas só dão carne de guariba pra ele? O único uso que dão aos restos dos macacões é entregar às crianças, como brinquedo, o gogô com que eles roncam.

Cada dia Pitum come seu macacão. Elas mesmas pelam, desencouram, limpam os miúdos e especam com três varas. Uma, abrindo os braços. Outra, abrindo as pernas. A terceira, da boca pra ponta do rabo. Assado no moquém, sem o couro e os pelos, parece uma criança. No começo isso invocava demais Pitum.

– Como porque a fome obriga. – Mas comia ressabiado, pensando que estava trincando uma menininha. Gostar até que gosta. Guariba é comida fina. Boíssima. Os pés e as mãozinhas, as costelinhas, então, com os ossos miúdos estalando de assados, untados na manteiga amarela de guariba: delícia.

Não há churrasco melhor neste mundo. O diabo pro tenente é comer sem sal. Tempera só com pimenta. Que fazer? Ajuda um pouco a sujeira de cinzas e da carne meio esturricada que vem junto. Antes, de besta, ele tirava tudo. Limpando demais só sentia o adocicado da carne.

– Vivendo é que se aprende a temperar.

Toda tarde Pitum come seu macacão guariba com o chibé de farinha que elas trazem. No correr do dia, dão a ele bananas, milho assado e pipoca, muito amendoim, pupunha e mangarito, além de bacuri, sapoti, uti, taperebá e quanta fruta boa, mas sem nome, que nesses matos há.

O que mais alegra Pitum é ver as danças matinais das donas, que ele tem por ordem unida.

– É a glória – diz, olhando encantado as fieiras de mulheres em coluna-por-um, cada qual puxada por uma cabeça que é sempre uma donona alta, membruda, com a teta única bem tesa. Nessa hora só levam de adorno o cabelo comprido entrançado e enrolado na cabeça e o enduape da rosa de plumas no peito que falta.

Assim marcham, nuelas, levantando os joelhos até o queixo e fletindo os corpos, em cadência. Nisso ocupam toda a manhã, antes do banho, correndo do mato pro pátio e do pátio pro mato. Umas vezes tão silentes que só são visíveis. Outras, no maior estardalhaço, cantando, soprando longas flautas cavernosas e girando, acima da cabeça, sirenas feitas de peixes de pau.

Umas donas ficam na maloca segurando as crianças menores pelas pernas, para não se meterem na dança. As maiorezinhas formam sua própria coluna, treinando-se desde crianças nas coisas de guerra.

Duas das donas mais espadaúdas mantêm Pitum agarrado e pregado no chão. Só consentem que ele veja, pela porta, quieto, os exercícios. Descarado, Pitum se aproveita para tentar safadezas.

As diabas rejeitam. Nessa hora nem em outra hora nenhuma aceitam bolina. Durante a ordem unida parecem até odiar mais os homens.

– Se eu caísse ali no pátio virava um São Sebastião cravado de flechas.

Pitum imaginava que esse guerreirismo delas fosse sublimação da falta de homem. Não é não, acho eu. Tanto *élan* combativo, o tempo todo, se explica é pelo ódio que pegaram dos homens. Acham que o convívio dos sexos é impossível.

– Com machos, só na guerra – pensarão. – Se as mulheres do lado de cá derem de proclamar a independência, estamos perdidos. Vão acabar autárquicas, elas também.

Desgostos, a princípio, Pitum teve uns poucos. O pior – depois da suspeita do moquém – foi a depilação nos primeiros banhos.

Cada maloca onde levam Pitum para cobrir o mulherio, uma a uma, toda noite – com a noite toda pr'aquela uma –, têm as donas destacadas para lhe dar comida e cuidar dele. É ela que, de manhã, depois da ordem unida, o leva ao igarapé para o banho alegre, nadado, junto com as donas todas, no meio da algazarra das menininhas risonhas.

– Do banho gosto demais. É a hora melhor do dia. – Agora é assim, mas nos primeiros banhos esfregaram tanto o couro de Pitum com areia e caramujo de itã que quase esfolaram.

– É pra tirar o sarro do meu mundo – pensava Pitum. Descobriu, depois, que não. Elas, o vendo tão preto, pensavam que estivesse pintado. Agora, o banho é uma festa. Melhor ainda é depois, quando alisam o pixaim do preto com uma pasta de urucum com óleo, dando à cabeleira a forma de um coité vermelho na cabeça.

Assim vive Pitum, sempre nu, com seu coité no coco e com o corpo todo pintado e adornado de enfeites de pena.

– Me zelam até demais. Cocares de papagaio na cabeça. Pulseiras de contas nos braços. Tornozeleiras de chocalhos nas pernas. – Pitum é o xerimbabo da maloca. Paparicado como papagaio de rapariga. O dia inteiro tinha mulher e menina ensinando Pitum a falar:

– Curupaco-papaco, meu louco... Curu...

Não deixavam é nascer pentelhos no preto. Nem o pelame do sovaco escapou. Na moda delas isso é nojo inadmissível. Não tendo, de nascença, pentelhame nenhum no corpo, não querem também nenhum fio nele.

– Nisso são impossíveis. Arrancam pela raiz um a um e ainda passam cinza quente ni mim para não nascer mais.

Esta depelagem foi a primeira bruteza selvagem que fizeram com o tenente.

– Me desgostei demais. Pela dor e pela boçalidade. – De fato, a primeira vez foi terrível. Uma dúzia delas o agarraram, imobilizaram, e aí lhe abriram as pernas e depois os braços para examinar e tirar um por um cada pelo. Não deixaram nem os do rabo.

– Aliás, os mais doídos – queixa Pitum. – Ainda mais que os pentelhos do saco que já doem demais.

Hoje Pitum entende que é questão de moda ou costume. E moda não se discute. No princípio, achando que o estavam depelando para carnear, assar e comer, pôs a boca no mundo. Quis pôr, aliás, porque as manoplas delas, tapando sua boca, não consentiram. Só bufava pelo nariz e chorava lágrimas quentes pelos olhos. Esguichadas de tão sofridas.

Releve o leitor que eu tome a palavra para algumas ponderações que não posso conter, tanto elas são cabíveis nesta altura. Do reconto das aventuras do ex-tenente ressalta, como fato mais novidadoso, a notícia de que as celebradas Amazonas existem, continuam vivas e ativas. Quem, senão elas, poderiam ser estas donas despeitadas que ressurgem no mesmo assinalado sítio, portando todos os signos delas?

Reencontrando, viventes, as Amazonas, o ex-tenente restaura o valor de atualidade de velhos testemunhos eruditos, ao mesmo tempo que os retifica. Por seu relato se vê como e quanto são estultas as ideias dos clássicos que diziam daquelas ilustres damas que elas eram emprenhadas pelo vento. Qual!

Também se vê, por ele, como são duvidosas as verdades que transluzem das fontes brasílicas de observadores diretos e de relatores de segunda mão. Refiro-me aos testemunhos de Carvajal de Orelhana, Acunha de Condamíni e do antessanto Manuel da Nóbrega. O que se lê, neles todos, a meu ver, é sempre a mesma história.

Seus testemunhos não são mais que diversas versões da notícia veraz de alguém que viu estas mesmas valorosas donas sempre metidas numa continuada guerra, sempre na mesma estação do ano; e também sempre contra a mesma tribo macha, complementar à delas. Guerreariam para colher, na luta, os mancebos, mais valorosos que acolheriam a seus leitos de pano para deles conceberem. Todos são unânimes em dizer que, se é filho homem, matam e comem. Se é mulher, castram o seio direito e recrutam.

Outro testemunho, este verdadeiramente nefando e até difamatório da honra dos primeiros brasileiros – ou brasileiras –, é inteira e totalmente negado pelo relato do tenente. Refiro-me à nossa primeira História. A que um certo PM Gandavo, natural de Braga, latinista, morador do Brasil quinhentista, fez imprimir em livro nos idos de 1576 com imprimátur da Santa Inquisição e louvações de seu amigo Camões. Nele se lê, em letra de forma – mas, graças a Deus, já não se pode crer –, que as primeiras brasileiras, ou pelo menos uma casta guerreira delas, eram dadas a duas abominações. A de cultivarem total castidade com respeito aos homens, cujos ofícios adotavam; e a de se casarem com outras donas a que davam trato de esposas, exigindo tratamento de marido como se não fossem fêmeas elas também. Livramo-nos, assim, graças ao ex-tenente, de qualquer suspeita de que a Ilha de Lesbos pudesse estar situada no Brasil Prístino. As donas que ele viu não tinham marido nem marida.

Este é, caro leitor, o substrato histórico erudito das verdades e versões em que se assenta o caso que aqui se prosa e lê, o qual, por outro lado, nele tem seu conteúdo de realidade sustentado e comprovado.

Sururucagem

Em resumidas contas eis o que sucedeu a nosso tenente Carvalhall. Estava ele metido com os companheiros – todos vestidos em fardas de campanha – na guerra permanente que o Exército Brasileiro trava ao norte do Amazonas quando sucedeu o impossível. Uma manhã, à plena luz do sol, todos viram a outra margem do rio desaparecer, abruptamente, debaixo de uma cortina cinzenta de chuva. A chuva chovia lá do outro lado, certinha como uma parede, anuviando a visão da mata e da terra escondida no lá longe. Todos olharam, inquietos.

– Que chuva cinzenta é aquela? – Adivinhavam nela algum mistério. De repente, a cortina branca os alcançou. Aí, o tenente viu caírem a seu lado os companheiros todos. Caíram duros no chão, ali ao lado, feito macacos guaribas espetados pelas setas de sarabatana. Morreram instantaneamente, parece. Terão sido comidos?

Ainda parado no seu susto, o futuro Pitum sentiu as mãozarras das machas caírem em cima dele para levantá-lo do chão e jogar n'água, através da cortina branca.

– Mas não caí no rio, caí foi cá. – Aqui se viu, nu em pelo, no meio da maior algazarra. As donas todas, dançando e cantando enfileiradas, se inclinavam cada uma sobre ele pra olhar bem nos olhos, quase encostando as carrancas em sua cara.

– Nunca viu homem, esganada? – É o que Pitum teria dito se soubesse, então, da esquisitice dessa tribo feminil. E também se tivesse ânimo e fôlego pra dizer patavina.

Qual! Estava atordoado e peado. Não com cordas de couro, nem de embira; mas com alguma droga paralisadora que elas lhe deram. Droga boa danada pra estatelar um cristão só com o olho aberto e a cabeça acesa, mas com o corpo todo inerte.

– Eu tudo via e entendia, mas não me mexia. Mesmo pra piscar e lubrificar os olhos era uma trabalheira. Pior ainda era abrir outra vez. As pálpebras emperradas rangiam como portinholas de ferro enferrujadas.

Pitum fazia o impossível pra ver o mulherio. As mais delas bonitas, todas limpas de pele. Formosas, com suas vergonhas tão altas e tão cerradinhas e tão limpas das cabeleiras e com tanta inocência descoberta que nisso não havia vergonha alguma. Estranhou demais as vergonhas despidas, barbeadas.

– Parecia mijador de menina. – Mais estranho ainda, para ele, espantoso mesmo, era a cicatriz limpa que cada qual tinha no lugar do peito direito, mal disfarçada por uma roda de plumas.

Tudo era tão louco e alucinante que Pitum concluiu apressado:

– Morri. Estou no Inferno. Estas donas são capetas escaladas pra me tentar e atentar. – Quase morreu, então, de susto e de pena de si mesmo.

– Estou fodido. Que pecado cometi, meu Deus, tão imperdoável, pra cair aqui? – se perguntava. – Ou será isto o Purgatório? – Limbo sabia que não era, porque foi batizado por padre italiano e crismado por bispo alemão lá do Rio Grande do Sull. Desconsolado, chorando, dormiu.

A verdade espantosa para Pitum é que elas vivem sozinhas, completamente sós, sem homem nem menino de idade nenhuma.

Sós e autárquicas é como vivem estas diabas. As malocas estão cheias de meninas de toda idade, desde criancinhas de leite mamando no peito único da mãe, até gurias engatinhando. Daí por diante, há fêmea de todas as idades juvenis e maduras até a velhice total de cara e corpo de jenipapo maduro. Não se vê é um menino, um guri, um rapazinho, um homem que seja. Nenhum. Sumiram. Escafederam-se.

– Só restei eu. Como não sou daqui, não sobrei: aconteci. Que é que elas fazem ou fizeram com seus homens que as prenharam e prenham? Cada uma delas há de ter tido o seu gerador e com ele pais e avós dele e dela; bem como tios e sogros e, ainda, os filhos e sobrinhos e genros de ambos. Além dos irmãos, primos e cunhados que toda gente tem.

– Cadê eles? Não ficou nenhum! Não terão essas bichas comido todos os machos? Disso são bem capazes – acha Pitum.

– Comerão seus homens especados e assados como meus guaribas, depois de bem prenhadas por eles? Comerão também os filhos machos que decerto parem? Horror! – Pitum se apavora, assombrado, com o futuro provável, dele próprio e de sua descendência.

– Um dia me comerão, assim como hoje eu como meus macacos? T'esconjuro! Desta Deus me livre. E o Capeta também! Vendo até a alma para escapar dos dentes delas. – Por sorte Pitum não crê. Não pode crer que elas sejam assim de perversas e assassinas.

Este ofício de homem garanhão exercido, agora, pelo tenente Carvalhall será um cargo fixo no sistema delas ou só sucedeu com ele? É o que Pitum se pergunta.

– Serei eu o primeiro ou o derradeiro? Pelo jeito, isso mais parece um sistema regulado, um uso tradicional. O lugar onde armam a rede do preto em cada maloca, sempre o mesmo, bem no meio, entre dois moirões, que ali estão pra isto, parece fixo e prescrito para o reprodutor escalado: o sururucador oficial.

– A comida que me dão, sempre a mesma, sem variação, e diferente da que elas mesmas comem, também parece prescrita.

O seu banho da manhã, obrigatório, naquela algazarra com a criançadinha alegre e sem nenhum medo dele como deviam ter, sendo Pitum um estranho e até de outra raça. Tudo isso reforça a suspeita de que isso seja mesmo o reino das mulheres sem-marido. Autônomas. Autárquicas. Ou quase.

– Está na cara que é assim! – acha Pitum, às vezes, mas não se consola de que assim seja.

– É desnaturado demais – argumenta. Com efeito, ele acha isto tão insensato como seria uma tribo complementar de homens sós, soltos por aí, curtindo uma sodomia desbragada e um onanismo lascado. Que é isto aqui? Como é que ele vai apurar? E, se assim é na verdade, o que é que vai fazer?

– Como é que vou escapar?

O leitor talvez tenha lido o livro que uma vez li de confissões de um alemão que viveu prisioneiro dos índios antigos do Brasil. Lá ficou tempos, até casou, esperando as roças deles crescerem para a festança em que iriam comê-lo. Escapou porque os índios, aqueles, que só comiam heróis, se horrorizaram vendo a caganeira e o berreiro em que caiu o tal alemão para não ser comido. Aqui é diferente. Se o sistema delas é mesmo comer o macho já fodido, Pitum está perdido.

– Não há choro que me salve. Nem choro nem vela.

O único consolo de Pitum é a boa vida que leva, bem cuidado de dia, bem fodido de noite. Vida farta, forra, ociosa, até gostosa. Qualquer um invejaria, se não fosse o futuro temido no moquém. Isto é o que pensaria Pitum, se não se consolasse com ilusões: comigo não será assim... mas duvida:

– Triste fim. Que será de mim?

Quando acordou, na primeira noite que passou na maloca, Pitum sentiu logo que estava livre, mas não desatado. Acordando, se achou na rede com o peso de uma dona, deitada em cima dele, requerendo serviço. Sair da guerra diretamente pra sacanagem parece que não dá. Até que dá. Deu, assim que ele entendeu o que ela queria.

Imaginando e temendo, ainda, que fosse alguma tentação do demo, o maroto passou a mão nos fundos da dona pra saber se ela era mesmo mulher furada ou se era só tentação tapada.

– Fêmea é sim, com racha e oco – verificou. Não tinha é pentelho nenhum. Isso intrigou muito Pitum. Levantou a cabeça da rede, se virou, olhou e viu, confirmou que a vergonha dela, exibindo um grelo alto, era bochechuda mas peladíssima. A verga se assustou um pouco querendo murchar. Felizmente reagiu logo, empinou. Pitum olhou o mulherio deitado ao redor, pra ver se causava vexame cobrindo a dona ali.

– Ninguém olhava. Pareciam dormir. Sururuquei. – Melhor diria que foi comido. Isto porque, enquanto assuntava, a dona, que era sabida e fornida, se adiantou tanto que ele já se viu metido nela com tudo dentro. E ela, em vez de remexer, lá ficou bem engatada, mas parada como uma sapa, sentada em cima dele.

– Que é isto, moleca, se mexa – disse Pitum, assumindo o comando fodetivo no estilo de quem gosta de se mexer no reco-reco habitual. A dona não deixou. Queria ele era ali duro, parado, dentro dela. Quieto. O pau de Pitum, desacostumado ainda dessa copulação estática, quis desanimar. A dona não deixou. Com um movimento ou dois, chupeteando, reativou o danado que, reanimando, quis mais mamação no lesco-lesco de costume. Ela não consentiu.

– Só aí compreendi o que ainda estou pra entender: em lugar de comer, eu estava sendo comido. Bem comido, é verdade, mas comido no estilo delas. Até hoje é assim que Pitum se sente: um prostituto, pau-mandado de mulher.

– Não reclamo que seja ruim. Digo apenas que é diferente. – Diferente demais de todo o sabido e falado nesse assunto tão debatido.

Desde então, na noite de cada dia é uma dona que o come, sempre do mesmo modo, retardando o jorro o quanto pode. Pitum acabou se habituando com o jeito delas.

– Agora acho até um fracasso quando gozo. – É também do gosto das donas que, finda a operação, ele fique dentro, um bom tempo, esperando o pau murchar por si mesmo até sair sozinho.

Outro uso destas donas é não falar nadíssima durante a longa transa silente. Quando, no princípio, Pitum – mal habituado nos puteiros de Pelotas – quis saber se elas estavam gozando, ou dizer, carinhoso, que a dona, aquela, era boa demais, o que recebeu foi mãozadas para se calar.

– Foda, aqui, é assunto seríssimo. Que pensarão elas enquanto o mantêm teso lá dentro? Fantasiarão sacanagens? Serão santarronas, pensando na perpetuação da espécie? – Nunca saberei: é tabu.

Estas donas que só trepam uma vez na vida outra na morte encontraram este jeito de estirar o gozo. Em lugar dos descaramentos manuais e bocais dos prazeres prologais, optaram por esta transação longuíssima, de durar a noite inteira, se o macho der. Luxúrias de Amazona.

– Isso é o que querem, aspiram: um pau de ferro. – A arte erótica delas, pelo visto, não reside nos enfeites do deboche e sim nessa esticação desnaturada da dura presença lá dentro rigidamente contida. Das donas de ao redor, silenciosas, não digo o mesmo. – Elas, nas suas redes armadas ao longo das paredes do malocão, à igual distância de onde está o prenhador, certamente olharão afogueadas, emocionadíssimas, a fornicação silenciosa. Mais gozarão elas, só vendo lá de longe, com o pai de todos embutido dentro, parado, do que a sortuda, escalada. Pitum gosta de pensar que cobrindo sua dama da noite, de fato, está servindo a todas elas.

– Só me dói suspeitar que hoje como quem, amanhã, me comerá. Na forma de paçoca ou de pirão? – Sem sal e muito apimentado isto ele sabe bem.

– Canibalas!

Este negro destrambelhou. Não tem o menor respeito para com as nossas mães Amazonas. Nem o menor recato diante de nossos pais Canibais. Outras seriam as consequências de suas desventuras se ele se tivesse capacitado para falar da matéria que cursa nesta fábula.

As Amazonas refulgem, no passado, com brilho imorredouro, pela tradição inconteste de sua velha estirpe helênica. Mais ainda brilham, no presente, pela honra insuperável de senhoras onomásticas da maior floresta e do maior agual do planeta. Matas que, em vão, se quer carunchar. Águas que, em vão, se quer contaminar. Tanta e tamanha é sua pujança.

Quanto aos Canibais, vamos devagar. A palavra vem da expressão Caribe, que era o nome gentílico dos nobres selvagens com que o descobridor topou em 1492 nas ilhas idílicas. É verdade que, ao dar notícia certa, de primeira mão por testemunho visual, da esbelteza e do gênio cordial do gentio americano, ele mesmo, seu pretenso descobridor e celebrado inaugurador, andou difundindo rumores de que entre eles viveriam gentes de um olho só, com focinhos de cão, comedores de carne humana.

Apesar disso, Tomaz, o enforcado, funda em 1516, com estas notícias, a Utopia e o mundo começa a nos declinar e a sonhar.

Em bocas e mentes europeias estas vozes de notícias nossas se confundem e se deturpam. Caribe vira Cariba, Caniba e Canibal. Com esta voz nos celebrizamos em 1580, graças ao Ensaio que assim versa:

"São gentes que guardam vigorosamente vivas as propriedades das virtudes naturais, únicas verdadeiramente virtuosas."

Mais ainda se consagra Canibal ao se converter em Calibã. Assim chamado, vive em 1612 um enredo tempestuoso no qual, ao ganhar voz e civilização, nosso avô se fode.

Próspero: – É um mostrengo, nem forma humana o enobrece.

Calibã: – Esta ilha minha, tu m'a roubastes.

Próspero: – Ingrato, te dei fala e entendimento.

Calibã: – Falar tua língua me ensinastes. Bom é só para te amaldiçoar.

Com esta pronúncia espúria, os ditos Canibais ou Calibãs fazem carreira variada. Em 1754 o moço paradoxal de Genebra, intoxicado por estas leituras, cai na subversão, proclama a bondade inata dos selvagens, funda nela a moderna pedagogia e a política científica.

Um século depois nossos compatriotas ganham má fama por culpa de um reacionário anticlerical. Apavorado com o povão canibalesco de Paris que assalta o céu e a razão com os Comuneros, ele lança toda a culpa jacobina nas costas de nossos maiores.

Ressurge, depois, na singeleza de um cisplatino leitor de Renan, que confundindo tudo chama Próspero de Calibã, reivindicando para nós a espiritualidade latina na triste figura de Ariel, intelectual dócil, servil e adamado.

Nosso enigma é muitíssimo mais complicado. Começa com a tenebrosa invasão civilizadora. Mil povos únicos, saídos virgens da mão do Criador, com suas mil caras e falas próprias, são dissolvidos no tacho com milhões de pituns, para fundar a Nova Roma multitudinária. Uma Galibia Neolatina tão grande como assombrada de si mesma. Inexplicável. Aqueles tantos povos singelos que aqui eram já intrigaram demais ao descobridor e seus teólogos:

– Gentes são ou são bichos racionais? Têm alma capaz de culpa? Podem comungar? O enxame de mestiços que deles devieram na mais prodigiosa misturação de raças intriga ainda mais.

– Quem somos nós? Nós mesmos? Eles? Ninguém?

Acordando como nações no meio desta balbúrdia, nos perguntamos com o Libertador:

– Quem somos nós, se não somos europeus, nem somos índios, senão uma espécie intermédia, entre aborígines e espanhóis?

Somos os que fomos desfeitos no que éramos, sem jamais chegar a ser o que formos ou quiséramos. Não sabendo quem éramos quando demorávamos inocentes neles, inscientes de nós, menos sabemos quem seremos.

Recentemente se começou a ver que, no encontro histórico do Anticristo cristão com o Cristo pagão, o que se deu foi um desencontro fatal. Os povos sem história que cá éramos frente aos façanhudos que de lá vieram naquela hora sumiram ou confluíram e trocaram de ser.

As gentes estranhas que Colombo e Américo viram viraram colombianos, americanos e bolivianos, além de abrasados e prateados e até equatorinos. Os que lá ficaram, encantados com as notícias que leram de nossa sã e gentil selvageria que se extinguia, deram de compor conosco suas utopias novo-mundescas. No meio deste jogo de cabra-cega, tanto macaqueamos a eles, tanto eles se mimetizaram em nós, que o colono vindo do Oriente se julga, agora, senhor do Ocidente e quebra a bússola dos ventos e dos tempos.

Esgotados e enjoados do esforço de simular ser quem não somos, aprendemos, afinal, a lavar os olhos e compor espelhos para nos ver. Neles nossa figura surge debuxada no Guesa, em Macunaíma e, sobretudo, no Grito Antropofágico:

- Só me interessa o que não é meu. Lei do homem. Lei do antropófago.
- O instinto Caraíba. Catiti. Catiti.
- Já tínhamos o comunismo. Catiti. Catiti.
- A alegria é a prova dos nove.
- No matriarcado de Pindorama. Catiti. Catiti.

(Ano 374 da deglutição bispal)

Comemos com Oswald nosso repasto mais sério e severo de assunção do nosso ser, diante da estrangeirada. Com ele, pela primeira vez, gargalhamos:

– Ali vem a nossa comida pulando.

Neste ímpeto de reversão da comedoria pantagruélica, só pedimos a Deus a boca voraz e insaciável dos prósperos da terra para devorar a estranja e fazer dela o estrume com que floresceremos.

Ainda hoje é este brado que ecoa, chamando tanto macaquito sério que empulha europeísmos por aí para lavar a cara, rir e se armar para caçar e comer quem nos come. Menos para fazer nossa sua carne nojenta do que para preservar nosso próprio sumo.

Ó que pão. Ó que comida...

Ó que divino manjar...

Canta o beato, morto de inveja do bispo Sardinha comungado pelos Caetés.

Jurupari

Depois que se acostumou ou se conformou, Pitum deu até pra gostar deste país das machas. Tanto das manhãs de ordem unida e banho na galhofa, como das tardes, conversando com a dona escalada para assar seu guariba. É sempre num braseiro de moquém que fazem do lado de fora da maloca. Como tudo é prescrito, assam sempre do lado esquerdo da mesma porta. A que dá pro sol nascente.

Sentado ali, ao lado dela, Pitum fica vendo o lento trabalho de bem assar o guariba e puxando conversa. Nessa hora, aqui na maloca, estão só ele mesmo, a tal dona do assado e uma que outra entrando e saindo, ou recostada na rede. O mulherio todo está pro mato caçando, pescando, plantando e colhendo roça com sua meninada de toda idade.

Por mais que Pitum estique prosa nada consegue. Aprendeu a falar para nada. Cair no papo, que é bom, contando casos para esclarecer ou só espairecer, matando o tempo, não é com elas. Isto de dizer que mulher fala demais, aqui não se aplica.

– Nem o suficiente elas falam. – Quando ele força, põem a mão na boca dizendo: *juru-pari*. Quer dizer: boca tapada. Proibido. Vedado.

– Qual é o segredo que estas bichas guardam de mim? – Quando Pitum consegue conversar um pouco é sobre assuntos que elas propõem, e quem fala é ele, o que não tem graça nem interesse. E é sempre sobre o mundo lá de fora, a outra banda como elas dizem. Ele também deu de falar da banda de cá e da banda de lá. Acha que é isso mesmo: caiu na outra banda.

O assunto principal de Pitum é saber das donas onde é aquele reino falado da ouraria, encantado, perdido antes de ser achado.

– Não estaria aqui? – ele quer saber – aqui na banda delas, este reino prometido?

– Onde estou? Não pode ser no lugar em que me capturaram. Com efeito, lá estava tão cheio de tropas de infantaria, ocupando todo o chão por toda parte; de marinheiros subindo e descendo toda água de um palmo, suficiente pra motor rodar; e de aviadores enchendo os ares com o ronco de seus aviões, que não havia lugar para este país das donas.

— Podia escapar um igarapé ou dois que nós não víssemos; umas poucas malocas podiam ficar fora do mapeamento de guerra feito por satélite. Mas tantas assim como as dessas donas, é totalmente impossível. — Pitum sabe bem que isto é impensável. Andando aqui dias e dias pra ir de uma maloca a outra ele já conhece pra mais de não sabe quantas. Muitas demais para passarem despercebidas. Em conclusão: este lugar, não podendo estar onde ele estava, ou não é lugar nenhum, ou se encontra em outro espaço ou banda. As donas também não falam do mundo de Pitum, de sua gente de lá dele, como de algum sítio existente no rio tal ou no igarapé qual.

— Falam é de meu lado, quer dizer, da banda nossa: real.

Pitum sabe, sente, adivinha que, sem qualquer dúvida, estas bizarras donas vivem inquietas. Se preocupam demais com alguma ameaça muito temida.

— Que será? — O ar assombrado com que tapam a boca e abrem os olhos, aterradas, quando se toca certos assuntos, fala alto destes temores. Tanto medo, nesta gente cubana de valente, é estranho demais.

— Por que será? De que será? De quem será? — Sabe-se lá. Pitum supõe — mas isto é mero palpite — que elas têm medo é da volta dos homens. É do retorno à hegemonia natural dos machos. É do fim deste sistema desnaturado de viverem umas donas sempre sós, a vida toda sem marido. Mas duvida.

— Lá pode ser? — Muitas delas decerto até gostariam de um machão, limpando a goela ruidoso pra infundir respeito, fedendo suor, roncando na rede e fodendo diário. Não têm é coragem, nem meios de se rebelar.

Coitadas! Crescendo aqui, debaixo da opressão deste sistema desumano, treinadas desde meninas pra guerreiras, têm de se conformar. Que jeito?

— De onde este sistema desumano delas tira sua força? — é o que pergunta Pitum, sem alcançar resposta satisfatória. Será, como no Exército, a hierarquia severa, a disciplina rígida – regimentária –, com suas penas de prêmios e castigos, o que aqui mantém a ordem?

– Mas qual hierarquia, se elas nem reconhecem chefias? – Qual disciplina, se o gozo delas é sofrer castigos?

Deixando de pensar porque cansa e dói, Pitum sonha.

– Bom mesmo – fantasia – era trazer aqui meu regimento, cercar uma maloca destas de noite e cair em cima delas de madrugada. Com a tesão acumulada desta Guerra Guiana, numa manhã, meus homens amestrariam outra vez estas donas. Com o sol do meio-dia elas todas estariam domesticadas. Ia ser uma beleza.

Aqui entre nós, leitor, eu digo que estas sisudas donas são nada mais nada menos que as primeiras revolucionárias da história. São as pioneiras da revolução feminista permanente: trotskistas.

Para mim isso começou nos idos em que, aqui nos trópicos, por força da Revolução Agrícola – resultante da domesticação do milho e da mandioca – o nível do desenvolvimento das forças produtivas ultrapassou o das relações de produção. Criaram-se, assim, condições objetivas para a gestação de uma nova formação econômico-social cuja expressão sociojurídica seria o matriarcado.

Deu-se, então, o inevitável salto dialético: a quantidade se converteu em qualidade. Em consequência, a classe predominante do novo modo de produção – encarnada pelas lavradoras que produziam a maior parte dos alimentos – assaltou e assumiu o poder político, iniciando a transformação revolucionária da vida social.

Em consequência, as mulheres sujigaram os homens ao seu domínio, subvertendo a ordem social e a natural. Para garantir sua hegemonia, fizeram o que fazem todas as classes vitoriosas: tomaram para si as armas, desapropriaram os adornos, monopolizaram as sinecuras e acabaram com o lazer dos homens, para submetê-los pelo cansaço.

Quando o poderio mulheril se consolidava, eis que surge a contrarrevolução machista, cuja liderança histórica é atribuída ao inominável Jurupari. Foi ele, na verdade, o herói inconteste de todo uma suja guerra contrarrevolucionária.

Jurupari, segundo reza a tradição, seria o filho de uma moça chamada Amaru, nascida de uma mulher que transou com uma cobra. Tal mãe, tal filha, uma vez que esta, por sua vez, brincando com uns macacos no mato, derramou o sumo de não sei que fruta lá no rego dela e se prenhou.

Jurupari, antes de nascer, já saía da madre da mãe para espairecer. Assim é que topou e se entendeu com Sol, que lhe deu poderes de feiticeiro. Novato no ofício de encantador, querendo criar um gavião, o que criou foram bandos de morcegos, corujas e outros feios bichos noturnos. Depois de muito labutar, criou, afinal, seu gavião, e montado nele foi ver Lua. Ela é que deu a Jurupari a pedra do poder de disciplinar o mulherio que estava imponente demais. Aí, ele próprio fez a besteira: contou seu segredo a uns velhos que, seduzidos por uma dona, denunciaram a intentona.

O golpe de Jurupari era renunciar à Presidência, deixando em seu lugar, como garantia do poder macho, a sua voz de mando, encanada dentro dos tubos das flautas de paxiúba. As mulheres, sabendo disto pelos velhos, roubaram as flautas e impuseram o despotismo.

Jurupari teve de voltar. Para se impor de novo, instituiu o jejum total, transformou aqueles velhos em lacraias, sapos e cobras e castigou as mulheres, por ambiciosas e viciosas, com surras e com curras.

Assim, dizem, começou Ele a instituir a ordem vigente, destinada a permitir que surjam mulheres perfeitas, dignas de um dia desposar Sol.

Com base nesse manifesto-programa, Jurupari, apelando para toda sorte de táticas psicodélicas, apavorou e seduziu as mulheres, compelindo-as a aceitar a ordem divinal da machitude. Esta se funda em três princípios basilares:

- O do culto feminino das virtudes da virgindade, da fidelidade, da frugalidade e da discrição.
- O do respeito ao resguardo masculino chamado couvade, comprobatório de que o importante na procriação é a paternidade, uma vez que a mulher é um mero saco em que o homem deposita sua semente.
- E, finalmente, o princípio da obediência ao marido e ao chefe e do direito do homem à poligamia.

Esta nova ordem afiançadora do caráter sagrado da hegemonia masculina se assenta em dois pilares. Ideologicamente, ela é sacralizada e legalizada pelo culto das flautas e das máscaras de Jurupari, reforçado por todo um corpo de crenças e normas éticas e estéticas. Socialmente, é garantida pelo cansaço decorrente da imposição da dupla jornada de trabalho a que as mulheres são submetidas, na roça e na maloca.

Mas é assegurada, material e efetivamente, desde então, pelo aparato repressivo implantado na Casa dos Homens de cada aldeia com sua corporação de machos curradores.

Para exemplar o poderio da hegemonia macha, a própria Amaru, mãe de Jurupari, foi a primeira mulher a morrer currada.

Estas trotskas silvestres foram as únicas mulheres que não se deixaram embair pela mistificação ideológica, nem aterrorizar pelas compulsões fisiológicas. Em lugar de se submeterem ao jugo masculino, enfrentaram seus machos rebelados, mataram e comeram todos eles para se fortalecerem física e espiritualmente e assumiram elas próprias a celebração – sacrílega – dos ritos de Jurupari. Desse modo fizeram cumprir o império do determinismo econômico que os homens haviam tergiversado e obstaculizado. A seguir, organizaram-se como uma classe para si: androfágica, autárquica, hegemônica e soberana.

Esta é – salvo melhor juízo ou ulterior revisão científica à luz de novas fontes etc. – a pré-história desse abominável mundo mulheril onde caiu, para desgraça dele e vergonha geral, o inocente macho tenente.

Eldorado

Pitum acaba virando índio nesse ofício de marido comum das mulheres sem-marido.

— Querenciei demais aqui. Estou esquecendo meus pagos. — Se não fosse o medo em que vive do triste fim prescrito, já nem se lembrava mais de nada, nem de ninguém, lá de fora. Se é que ainda se lembra.

Só não se esquece é daquele dia fatídico. Estava Pitum no seu regimento, perseguindo uns venezuelanos que alguém viu subindo o rio numa canoa com motor de popa, quando sucedeu. Ele se lembra de tudo, até da cara, do modo, do jeito, e um pouco também das histórias engraçadas, dos sargentos Rope e Pero e dos cabos Xito e Toxi. Recorda bem a cara de cada um dos seus soldados e até podia contar a história de um por um, se valesse a pena.

— Repenso isso todo dia, toda hora, forçando a memória. Quem sabe se essas recordações mantêm meu siso nos gonzos? Sem isso perco o juízo: acabo achando que nasci mesmo pra prenhar índia.

As coisas de antes daquele dia ele também se lembra, mas são todas muito confusas demais. Recorda lances soltos da vida do regimento em batalha, na guerra permanente que o Brasil deflagrou contra todos os povos e bichos civilizados e selvagens do norte do rio Amazonas. Às vezes duvida:

— Seria mesmo verdadeira aquela guerra? Ou será invenção do meu bestunto? Pode lá haver guerra tão fútil e inútil? — Por tudo que sabe ela foi desencadeada corretamente, por ordem de quem pode.

— É, portanto, guerra legal. — Todas as forças brasileiras de Exército, Marinha e Aeronáutica foram mobilizadas inteiramente para essa empresa e lá estão. Abandonou-se até a fronteira da Argentina, antes tão vigiada e guarnecida.

— Por quê? — Por quê?, se pergunta o tenente. Por que não fazer guerra contra a Argentina? Ao menos, valia a pena tomar. Sonhos. Em

35

lugar de uma guerra sensata, lucrativa, o que coube a mim foi essa guerra doida contra guianenses pretos e brancos. Principalmente pretos, de minha raça. – Os brasileiros tomam dezenas de vezes a mesma vila ou cidade. É só tomar pro governo federal devolver. Em seguida, ordena outra vez o ataque e a retomada.

– Por quê? Pra quê? Quem vai saber?

O que mais entristece o tenente é pensar que quando foi furtado estava na pista de uma razão bem razoável para a Guerra Guiana. Não que descobrisse a razão causal dela, não.

– Sobre isso nada sei, nem especulo.

O que começava a perceber era um movimento que grassava entre os capitães, orientado para dar à Guerra Guiana uma direção sensata, proveitosa. Havia dezenas deles trabalhando nisto, organizados em grupos especiais, conspirativos, provavelmente subversivos.

Pitum começava a penetrar num deles, como agente civil do SNI. Gostou tanto das perspectivas que anteviu lá que sua esperança era, alcançando a patente de capitão, entrar francamente. Isto se for aceito para iniciar-se no coração do segredo.

– É coisa eruditíssima. Lida em velhos livros, escritos em línguas estrangeiras, versando buscas seculares que se fazem nesta mesma região. – No curso de uma ação do SNI de que participou, um desses livros caiu, por uns dias, nas mãos de Pitum.

– Assim, entrei na história.

Era um livrinho castelhano, com cara de barato e ordinário. Mas vinha cercado de todo mistério. Tanto que um capitão morreu querendo escondê-lo. Enterrado o oficial, nosso herói, em duas noites maldormidas, antes de entregar o livro ao chefão, leu o enredo. Decifrou, de passo, algumas das anotações na margem que identificavam morrarias e rios dali e de agora com antigos sítios lá citados.

Estava na pista do Eldorado – o reino encantado laboriosamente procurado, há séculos, por capitães de todas as raças corsárias. Viu, assim, que aquelas reles terras tropicais, de lagoas e coqueirais, índios e bicharada totalmente inúteis, estavam recheadas de ouros e esmeraldas. Em tamanha fartura que dava para enricar inglaterras.

Altos desígnios, decerto divinos, teriam posto lá as tropas brasileiras para passar um pente-fino na floresta. Assim se cumpria o destino nacional: desencantar o reino encantado. A riqueza do Eldorado, maior que a confiscada pelos espanhóis na América, é de nunca acabar.

– Pagaria a dívida externa brasileira, alegrando a banqueirada do mundo inteiro. E ainda, de lambuja, enricava todo oficial em campanha, especialmente os conspiradores, com uma quota de quilates correspondente à patente.

– Quota suficiente para dispensar montepio.

Apresado pelas bichas, Pitum prossegue, aqui, na busca do Eldorado. Acha que bem pode estar nestas morrarias cobertas de mato grosso o reino encantado.

– No seu mistério, o Eldorado tem por guardiãs estas guerreiras. – Para o exercício dessas funções, aliás, elas não podiam mesmo casar. Houvesse homens aqui e essa ouraria já tinha saído ao sol. Estaria convertida em fábricas, usinas, pastagens e muito gado azebuado, em lugar desta mataria que só produz onças, antas e índios. Isto é o que mulher sabe cuidar.

O primeiro indício concreto de que estava na boa pista, Pitum teve no dia em que uma menina lhe deu uma rãzinha feita de pedra verde: esmeralda!

– Aqui está a prova: o Muiraquitã falado dos alfarrábios. – Logo desanimou, no outro dia, durante o banho, outras meninas, vendo sua fácil alegria, esfregando pedras nas rochas, fizeram algumas dúzias de rãzinhas para ele.

– Pode lá ser preciosa coisa tão reles e encontradiça? – Com raiva Pitum inventou ali, na hora, o jogo de atirar pedras ao rés do espelho d'água para vê-las saltando como peixe. A criançada adora o brinquedo.

Sobre Eldorados, nem sobre nenhum assunto prestante as donas não dizem nada. Nunca. Nas conversas que consentem, nada informam, embora perguntem demais sobre o mundo lá de fora. Principalmente sobre o Exército Brasileiro, composto de homens sem mulheres. Pitum só informa, com detalhes, sobre matéria que não seja segredo militar.

Mas como as donas é que mandam, elas voltam sempre à carga com a pergunta principal: querem saber se os soldados brasileiros são canibais. Se comem – mastigadas e engolidas – as prisioneiras de guerra. Pitum jura que não.

– Com mulher nem brigamos: nos entregamos. – As donas põem a cara mais séria para mostrar que não são de caçoada e reinvestem na perguntação.

Tanta suspeita só se explica porque, decerto, isto é o que elas fazem com seus homens!

– Bobagem minha – se consola Pitum, querendo se enganar. – Não posso, nem devo, pensar nisso. É completa tolice. – E continua se iludindo:

– Não adianta achar que elas são uma raça de mulheres come-homem. Não tenho prova disso. Não há, portanto, o que recear. Besteira minha.

Pitum até gosta de pensar que esta ideia delas serem canibálicas é tão absurda como a delas imaginarem que o Exército Brasileiro seja um povo-homem come-mulher.

Um povo-mulher que nem elas, sem homens próprios, servindo de estrangeiros como reprodutores, embora impensável, é plausível e até praticável, como aqui se comprova.

Um povo só de machos, não. É impossível. Caía no desespero, se estraçalhava em brigas, se desmoralizava em sodomias, ciumeiras e crimes passionais.

Elas não acreditam nem na metade do que Pitum conta sobre o poderio em armas do Exército Brasileiro. Bombas químicas que fazem o inimigo morrer de rir ou cagar, elas acham uma pândega. Bomba arrasa-quarteirão ou bomba atômica, suja ou limpa, para elas dá no mesmo: não creem. Acham que com suas sarabatanas vencem qualquer guerra. Inocentes.

Permita-me o leitor outra intromissão. Agora, para valorizar a seus olhos a escala de valores que se depreende do texto. Na medida dela, o Brasil resplandece com nova grandeza. Em lugar das alegadas vantagens meramente físicas de maior do mundo em limitadas coisas – território descomunal (8,5 milhões km^2), imensa tonelagem humana (5 bilhões kg/carne), vastíssima latinidade oral (120 milhões falantes) –, doravante vai ressaltar uma grandeza de ordem superior, totalmente insuspeitada:

a antiguidade e a vetustez de nossa pátria que seria, vemos afinal, o mais velho dos países de que se tem notícia.

Efetivamente, deparando com amazonas viventes, o infeliz ex-tenente lança nova luz sobre o inolvidável achamento de Chico Buarque que, seguindo pegadas do pai, em porfiadas perquirições nos labirintos bolorentos dos arquivos do Papa Negro em Roma, deu com um documento inédito e inaudito.

Nele se lê, em escritura legível e com todos os efes e erres, que foi no Brasil que Deus plantou o Paraíso Terreal: o Éden. Juízo nada temerário, aliás, uma vez que o próprio Santo Tomás – o doutor angélico – se perguntava, indignado, onde poderia estar o Éden com Adão e Eva – sempre tão nus, e cândidos, no meio de um jardim sempre verde e florido, transado com maçãs e serpentes pecaminosas e falantes – se não numa província temperadíssima, como o tórrido Brasil?

Chico Buarque, no aludido documento, traz à fala legiões de sabidíssimos sábios gregos, latinos, árabes e estrangeiros: Eratóstenes, Políbio, Ptolomeu, Avicena. Junta a eles multidões de santíssimos santos santificados

– *Quid, quid de hoc sit... alibi;*
os quais, sustentados por cálculos exatos de inumeráveis astrólogos, são todos concordes na mesma visão idílica e paradisíaca de um Brasil edênico.

Só é de estranhar que Chico tanto se porfie e obre nestas demonstrações, quando os mesmos fatos que ele levanta e atira sobre nós eram sobejamente sabidos, desde há séculos, com base em ciência muito mais sábia porque de experiência feita.

O fato irretorquível é que o próprio Colombo, quando deu com as ilhas de Fidel, lá viu o Paraíso. Disso dá ele testemunho de próprio punho, em carta dirigida ao Papa Branco, onde se lê: "Cri e creio que creram e creem todos os santos sábios teólogos que ali, naquela comarca, é o Paraíso Terreal".

Américo Vespúcio, em carta do mesmo ano, não só reconhece no Brasil o Paraíso, como proclama que terra assim amena, de árvores infinitas e muito grandes e que não perdem folhas e aromáticas e carregadas de frutos saborosos e salutares e com campos de tanta erva e cheios de flores que maravilham pelo odor delicioso e com imensa cópia de pássaros de várias castas em sua plumagem e com suas cores e cantos que desafiam qualquer descrição – só podia mesmo ser o Paraíso Perdido: o Éden.

Muito antes deles, porém, nossos avós índios estariam já carecas de saber que aqui em Pindorama é que tem assento Ypy-marã-iy. Quer dizer, a Terra sem Males, um Maranhão secreto e encantado que é a morada de Deus: lá só heróis conseguem chegar vivos. É uma beleza!

Tudo se conjura, vê o leitor, para o juízo unânime de que não há país antigo como este. O Brasil, se não é o maior, é o mais vetusto.

Ibirapema

O que mais ofende a Pitum é ser tido e havido como babaca. Vê claramente pelo desprezo com que as donas olham para ele que o consideram um moleirão dengoso.

– Vejam só – reclama o preto, com toda razão –, eu, o tenente G. Carvalhall do glorioso Exército Nacionall, aqui sou chamado Pitum e tido como maricas. Pode lá ser?

Ele tem suas razões, pudera! Diante destas machas ninguém se apruma. Elas são estoicas. Disso Pitum dá testemunho, com a certeza de quem tem provas às carradas.

– Assim é, efetivamente – diz ele. – Numa cerimônia de debutantes com que inauguram as moças que menstruam pela primeira vez, dão provas provadas deste estoicismo. As noviças, estas, depois de meses de reclusão numa choça, são retiradas, lavadas, pintadas e adornadas para receberem a tortura atroz. Postas no meio de uma roda movente formada por todas as donas da maloca, recebem sobre o ventre uma esteirinha em forma de peixe, feita de talas trançadas como peneira, com um marimbondo dos mais doídos em cada loca. Quando encostam aquele instrumento de dor na barriga da pobre, instantaneamente todos os marimbondos espetam os ferrões que têm na bunda lá na barriga da coitada. Algumas desfalecem de dor. Todas fecham a cara em rictos de dor insuportável.

– Nenhuma dá um pio.

Numa outra cerimônia que fazem, parece que só pelo gosto de sofrer, as donas já meio velhuscas metem o braço numa cumbuca cheia de formigas tocandira, dessas mais peçonhentas. A mão sai, meia hora depois, com o dobro do tamanho de tão inchada. O braço incha como um balão soprado. Uma íngua cresce, instantânea, no sovaco. A dor deve ser atroz.

– Nem um pio, neste rito também.

Pois essas heroínas insensatas fazem ainda pior: cortam fora, sem grito nem faniquito, com lascas de taquara, o peitinho direito, mal ele acaba de crescer.

– Taradas – gritava Pitum vendo umas ex-noviças se despeitar.

Metida num pau-de-arara uma dona dessas resistia mais de que comunista fanático. Só diria o que quisesse. Mas quem é que teria a doida ideia de torturar essas índias? Selvagens e cruéis elas são; mas inocentes também são de toda perversão subversiva. Como índias são até tuteladas do Estado, na sua condição de cidadãs relativamente incapazes. Perante a lei brasileira são equiparadas, para todo efeito, às mulheres casadas, aos menores de idade e aos idiotas. Irresponsáveis são, portanto. Por pior que seja o crime que cometam, por maior que seja a virtude que ostentem, não merecem penas nem glórias.

Além do estoicismo, outras virtudes não se sabe se elas têm. Pecados têm demais – acha Pitum. – Serem assim autárquicas, sem homens fixos, delas, há de ser pecado cabeludo. Não há nem pode haver depravação maior que esta de umas mulheres viverem sem macho fornicador próprio, acasalado.

– Só tendo reprodutor ocasional, como é que satisfazem seus desejos bestiais? – No meio desta abstinência compulsória hão de florescer os piores vícios. Depravadas!

O pavor se instalou inteiro no coração de Pitum desde a noite em que saiu da rede, dando safanões na dona, para atender a urgências intestinais que nunca mais se permitiu. Andando sem tino, ao se aproximar da porta assustou-se demais de ver o chão movente da maloca: serpenteante. Assombrado viu, então, o que se movia: eram cachos de cobras que corruscavam por ali como se estivessem na morada delas.

Voltou Pitum acelerado – retendo sofrido suas ânsias retais –, mas cuidando cada passo. Aprendeu, desde então, a nunca mais, ali de noite, pôr os pés no chão. Só se sente seguro, agora, é dentro do oco da rede, com a dama da noite deitada com ele lá dentro. Pregado nela ele exerce, temeroso, seu ofício naquela cama conivente. Só confia é nela para guardá-lo e para atiçar o fogo de debaixo da rede com que se aquecem de madrugada e espantam o serpentário.

Para que este criatório noturno de serpentes? – se pergunta Pitum. – Criarão cobras como nós criamos galinhas pela carne e pelos ovos? – O pobre nunca atinou com a razão verdadeira. Sabe só que elas não comem cobras.

Se o leitor permite um palpite de quem nunca foi lá, mas tem uma explicação plausível a oferecer, me ouça. A meu ver, é para fins de higiene íntima dos fluxos lunares e para mamarem excessos de leite que as icamiabas têm em casa tal Butantã. Velhos cronistas – abonados pelo meu tio Sérgio – atestam estes sujos usos índios das cobras, entre muita outra coisa indizível.

O pavor noturno de Pitum foi pinto diante do assombro em que caiu no dia em que uma guardiã relapsa o deixou ver o Horror Apavorante na casa redonda que há em toda maloca. Lá viu, pendente do teto, a Coisa Horripilante na forma de uma borduna tacape, a Ibirapema, que lá está entronizada.

- Seu negro tronco fálico de uma braça de longo, todo estriado, untado de óleo e polvilhado de pó de ovos iridescentes – cintilava.
- Sua redonda cabeça mortal, entalhada em gregas caprichosas, muito bem pintada e polvilhada daquele mesmo pó furta-cor – ameaçava.
- Sua manga ou empunhadura também entalhada em xadrez para dar total firmeza à mão assassina – asseverava.
- Seus dois ornatos galantes: o pentelhame do penduricalho de plumas e a cabeleira de longas borlas trançadas de algodão – sacaneavam.

Para Pitum foi ver e reconhecer – como se conhecesse desde sempre – o instrumento mortal e mortificante.

– Aí está quem vai esmigalhar meu crânio. Disso teve certeza certa desde o primeiro instante. Foi tirado de lá tremendo de pavor pela tal dona relapsa que também tremia. Tanto que muito se cuidou de entrar e sair sem dar as costas para o Grande Pau pendente, ali adorado como santo de altar.

– Não há palhaço maior que eu – acha Pitum, parodiando o baiano eloquente. – Se quero chorar ou rir, ou admirar-me ou dar graças a Deus, ou zombar do mundo, não tenho mais que olhar para mim.

Teria toda razão nosso herói se não pensasse em comédia, mas em tragédia. O próprio autor aludido sabia muito bem que essas gentes que ele conheceu como ninguém não só matam seus inimigos, mas depois de mortos os despedaçam e os comem, e os assam e os cozem a este fim, sendo as próprias mulheres as que guisam e convidam hóspedes a se regalarem com estas iguarias imundas.

Cumpre assinalar aqui, por oportuno, que a sobrevivência das amazônidas coloca problemas cruciais diante do Brasil. Num plano humanístico há e sobreleva a questão da antropofagia, denigrante judiação dietética que nenhum povo civilizado pode consentir que se perpetue no seu solo nem em solo algum. Exceto se se comprovar o caráter meramente ritual e até evangélico como ocorre com a antropofagia brasílica. E é isto que salva nossa honra.

Mesmo a prática come-homem destas donas seria dessa espécie uma vez que, presumivelmente, se junta o mulherio de todas as malocas, para comer um macho só. A cada uma, neste caso, caberia absorver uma pilulazinha hostial.

Ainda assim o vexame internacional seria constrangedor se a imprensa mundial descobrisse tudo e caísse em cima de nós para dizer que – além de ativíssimos etnicidas e genocidas de nossos pais índios – somos também o único povo moderno que acolhe no seu colo uma tribo de abomináveis Canibalas carniceiras.

No plano dos cálculos meramente venais se coloca a questão do *uti possidetis*. Uma vez que essas tais donas existam seria delas o rio do seu nome. Grave ameaça pesa, assim, sobre as riquezas da Serra Pelada, da Serra dita dos Carajás, do condado suíço do Jari, do Amapá Multinacional e do mais que der e vier daqui até o fim dos tempos. Esta é matéria visivelmente preocupante. Basta pensar em que situação estaríamos se essas donas se aliassem seja a Washington seja a Moscou.

Também do ponto de vista programático a questão não é de somenos. Se os inumeráveis indícios se confirmam, de abrupto, se concretizará o sonho secular das riquezas de Manoa e de Cipango, o falado

Eldorado, diante de cuja grandeza nenhum governo previdente ficaria indiferente. Não é à toa que seus tesouros vêm sendo objeto de buscas nos séculos dos séculos por potências poderosíssimas que nelas gastaram multidões de homens bons.

Quem duvidar disto que confira as seguintes provas. O sóbrio Gabriel Soares, falando de sua Alagoa Grande, dizia que não é impossível que existam lá tais Eldorados. O mesmo acreditava o doce Anchieta, que às vezes saía de suas rezas e louvações para cálculos mais terrenos sobre a possibilidade de encontrar montanhas de ouro nos brasis. O corsário inglês Raleigh, compadre da rainha Elizabeth, antes de ser enforcado, fez excursões pelas Guianas na busca de Manoa. Antes e depois dele muitos outros andaram por lá e deles dão notícias até Aubrey e Conan Doyle.

Quem me dirá, com provas na mão, que a Guerra Guiana não tem aí suas matrizes? Sabedoria de Estado-Maior é coisa séria que merece detida consideração. Sondando aspirações permanentes da Pátria brasileira, o EMFA bem pode ter se inspirado tanto na indignação moral contra o canibalismo como na cobiça venal, para desencadear, em absoluto segredo, esta guerra justa.

Isso penso eu e assim penso com base no juízo de que muitas guerras cruentas a história registra que foram feitas para enfrentar riscos menores de expropriação e desmoralização e com esperanças muito mais pequenas de prosperidades miríficas.

Guerra Guiana

A grande preocupação da tropa acantonada na Guiana é saber das razões desta guerra amazônica. Guerra bem defendida, até demais, por regulamentos severíssimos. Deserção é crime punido com tiro de revólver na nuca, ali na tropa, pelo suboficial que primeiro puser a mão no desgraçado. O qual é promovido a oficial. (Esclareço: o suboficial, não o desertor.) Assim é que Pitum chegou a tenente e aspira ser capitão. Isto porque, já tenente, agarrou e justiçou outro desertor. Estava pleiteando a patente quando sumiu.

Não é só o castigo exemplar que sustenta a tropa no combate. O fator mais importante é que esta guerra patriótica é apoiadíssima por toda a população brasileira. Muito oficial se espanta demais com isto, mas assim é. Por toda parte, abaixo do rio Amazonas, o povo repele e dedo-dura, sem perdão, os desertores. E só recebe os heróis para as homenagens de praxe na Semana da Pátria.

– Condecora e manda embora.

Até parece que alguma coisa horrível acontecia à Pátria Brasileira se as gloriosas forças armadas voltassem para casa.

– O que seria? Castigo divino ou perdição satânica?

A tropa é que não gosta desta guerra como deveria. A soldadesca, naturalmente, porque soldado por si não é de nada. Os cabos e sargentos são paus-mandados, só sonham com sinecuras. O descontentamento lavra feio é na oficialidade. Sobretudo entre os oficiais superiores, mais futurosos e capacitados para conduzir o Brasil a altos destinos.

Pitum entrou nestes conchavos ao ser recrutado pelo major Psiu para o SNI. No treinamento, aprendeu a identificar, para bem dedo-durar, os oficiais metidos em duas ordens de conspiração. A dos tais Buscadores de Manoa que pretendem usar as forças armadas para seus próprios fins de prospecção de riquezas. E a dos Restauradores Castristas que aspiram nada menos que dirigir o poder de fogo para o sul, a fim de salvar o Brasil da corrupção, da pouca-vergonha e do comunismo.

Essa última é a mais perigosa, descobriu Pitum, ainda que seja também a mais futurosa. Isto foi o que verificou, sem surpresa, ouvindo o major Psiu que só sonha é com um retorno heroico a Brasília que lhe dê o que mais quer na vida: o controle do sistema nacional de comunicações de massas.

Se os mídias vendem bem coca-cola e aristolino – o vendem desbragado – que dizer, então, de sua capacidade de difundir ideias sãs e patrióticas?

Está convicto de que em dez anos, devidamente utilizados, o rádio e a TV criariam um Brasil ideologicamente novo, passado a limpo, purificado. O que hoje se vê – diz ele, indignado – é nossa Pátria ser conduzida pelo caminho da perdição. O Incesto é descaradamente promovido. A Pederastia é publicamente exaltada. A Lesbiania floresce sem disfarces. A Xenofobia é estimulada pelo retorno ao nacionalismo brizolista. A Pornografia tanto comove João que ele cai em lágrimas. A própria Santa Madre se achincalha, deixando órfão o povo de Deus. Nação nenhuma suportaria tamanha sangria nos seus núcleos de fé e de razão.

Mas Psiu não desanima: bem controlados os meios de comunicação de massa – além de bem vender coca-cola e aristolino, o que, afinal, são usos subalternos, ainda que legítimos –, se salvaria o Brasil, criando uma mentalidade patriótica, progressista e sadia. E lá vai o major perorando e sonhando com seu amado Brasill brasileiro, verde-amarelo, cristão e varonill – arremata Pitum.

O debate secreto sobre as verdadeiras razões causais da Guerra Guiana se trava aceso todo dia. Cada vez que dois oficiais se encontram – mas nunca mais de dois, que ninguém é de ferro – quem estiver ali escondido, escutando, ouvirá as versões mais desencontradas pra explicar a Guerra Guiana.

Para o capitão Mameluco, esta seria uma guerra psicológica. Concentrando, num abscesso de fixação, toda a agressividade nacional, ela permitiria ao povo brasileiro viver em paz. Muitos negam essa hipótese acoimada de psicologística. Todos reconhecem, não obstante, que no Brasil o convívio humano melhorou muito depois da guerra. Nas Guianas só piora.

Muito batalhão mais parece um magote de drogados do Exército ianque no Vietnã.

Para o major Xipaio toda guerra é bélica e política. Esta também. Seu propósito seria criar um alvo inimigo, extrabrasileiro, capaz de atrair a atenção e o interesse dos generais, almirantes e brigadeiros, sequiosos de se sentar na cadeira presidencial. Todo militar aspira tanto ser Presidente Civil do Brasil que foi indispensável inventar esta guerra pródiga de condecorações e promoções.

– Mas que é que os guianenses têm com o pato?

Melhor é a explicação atribuída ao coronel Jenizaro: esta é uma guerra estratégica, diz ele. Seu objetivo é evitar que a Venezuela – já tão rica em petróleo –, tomando as Guianas, cresça desmesuradamente e acabe engolindo a gente. Como os brasileiros não têm peito para tomar mais terras – pra não aumentar mais nossa má fama de nação expansionista –, fica-se nesse toma lá dá cá. Qualquer dia as tropas param com as Guianas nas mãos e fixam as fronteiras nacionais nas praias do mar Caribe.

– Ali bem na frente de Fidel – vixe Maria! – diz Eunuco.

Este é o objetivo real, aparteia o comandante Emir: esta é uma boa guerra anticomunista. Uma vez plantados nas praias do Caribe, vamos juntar coragem pra invadir a Ilha pelo sul, enquanto os gringos invadem pelo norte. Juntos, vencemos o comunismo e acabamos com o despotismo cubano. Ninguém pode mais com essa ilha de merda, com sua meia dúzia de gatos pingados, libertando áfricas e ásias.

– Eu não esquento cabeça com essas coisas – diz Pitum. – Qual! Lá pode um tenente saber de razões estratégicas? Sobretudo um tenente com vocação de capitão.

Nosso amigo, apesar de inocente, aprendeu algo na tropa. Aprendeu ao menos que na vida reiuna todo progresso na carreira depende da obediência cega a dois princípios: o da Gerontocracia, afirmando que todo poder está na mão dos mais velhos; e o da Hierarquia, reiterando que o mais graduado é sempre mais inteligente.

– Nunca dou opinião. Nem ouvir muito eu gosto. Pitum só fala o indispensável e sempre para dizer que suficiente razão para qualquer guerra é a ordem que as tropas recebem, de forma legal e formal, dentro da hierarquia prescrita.

– Agora é ir em frente e colher medalhas e promoções. Conversar sobre isto é já princípio de indisciplina. Estou é com meu comandante e não abro. – Sempre repete com ele: uma tropa hierarquizada recebe ordens e as cumpre, tal como no-las dão, desde que venham de quem tem competência para tanto, na linha direta das hierarquias de mando.

– Assim é! – concorda Pitum. – Assim sempre será: Ordem e Progresso!

Pitum teria um futuro brilhante nas batalhas guianenses se não fosse o traiçoeiro rapto de que foi vítima naquele dia fatídico. Pensando nisto, mordido de saudades, conclui, patriótico, que umas malocas dessas donas para vivandeiras de cada regimento é que o Exército Brasileiro precisava pra levar adiante a Guerra Guiana.

– Seria uma mão na roda. – Acabaria com a punhetagem e com a xibunguice de nossos heróis em campanha.

Falando todo tempo do que as donas querem ouvir, Pitum, agora, parece um intelectual: tudo questiona, principalmente a guerra.

– É coisa demencial esta guerra inconclusa que não ata nem desata. Deus e o coronel que não me ouçam.

As donas, estas, ao contrário, acham a guerra uma beleza. Ouvem encantadas as potocas de Pitum. Não duvidam nem acham graça, é do mais inverossímil. Exatamente o inexplicável para elas é o mais normal. Compreendem perfeitamente a estratégia preventiva da guerra permanente que mantém as forças armadas brasileiras batalhando, sem cessar, para nada, nas terras do norte.

– É isso mesmo – diriam se interrogadas. – Guerra é guerra.

O Exército avançando e recuando, sem parar, entre as paradas de pregar medalhas nos peitos heroicos e ler os decretos marciais de promoção por patente.

A Aviação avoando, sem parar, lançando bombas contra lagoas tranquilas, para não voltar com elas, por falta de inimigo pra atacar.

A Marinha subindo, sem parar, os rios grandes em grandes navios; os menores em barcos; os igarapés em canoas. Sempre carregadíssimos de canhões e petardos. Tanto, que mal podem conduzir a munição de boca para as tropas da Infantaria.

Sem parar, os infantes marcham, os avoadores avoam, os marinheiros navegam, todos vigilantes, sempre atentos. Buscam o inimigo que não existe ali, nem em lugar nenhum. Todos os guianenses pararam de brigar desde que ficou evidente que os brasileiros são muitíssimo mais potentes. E, sobretudo, quando verificaram que o Brasil não é de nada: devolve toda cidade tomada e liberta todo prisioneiro de guerra. Guianês nem venezuelano amazônico nenhum aceita mais continuar brincando de guerra. Esta estratégia totalmente inesperada da resistência pacífica está levando a guerra ao fracasso:

– Sim, sem um enfrentamento de forças e sem um objetivo material a conquistar quem é que pode guerrear? – isto é o que pergunta o marechal. – Efetivamente, tal como está, a Guerra Guiana só serve é para testar, gastar e renovar, aperfeiçoado, o parque de material bélico nacional. Serve, também, para manter a tropa treinada e aguerrida. Serve, por fim, para compor carreiras militares autênticas, feitas ao calor do combate e não só na ordem-unida. Não é pouco, diga-se de passagem.

– Toda uma guerra milionária pode ser guerreada só pra isto? – é o que o indisciplinado Pitum indaga, agora, nas conversas com as donas. Elas só estranham que o tenente – sendo ou se dizendo guerreiro – não entenda isto. Confirmam, assim, seu duro juízo de que Pitum é mesmo maricas, frouxo e covarde.

Aqui entre nós, leitor, dentro de sua perspectiva, elas têm toda razão. A guerra para elas é um fim em si. Como tal, é sempre nobre e justa. De fato, é o exercício da guerra que faz suas vidas dignas de serem vividas. Sem guerra, elas seriam umas macacas só ocupadas em agenciar comida. Tal como nossos guerreiros aposentados: desinflavam.

Compreenda o leitor que o sistema de vida delas condiciona fatalmente esta ideologia, tal como o nosso induz a mais altas ideias. Para elas, a guerra é honra e é desporte. É sua forma entretida de caçar machos que valham a pena para a função reprodutiva. Sendo uma operação sexual, esta guerra esportiva, além de lúdica, fica até erótica.

Para mim, Pitum devia estar contente de viver aqui, participando de uma guerra orgiástica. Afinal, só se leva da vida a vida que a gente leva. Seu serviço é mais maneiro que o do regimento e muito mais divertido.

Alegre e feliz devia ele estar, também, porque vai gerar – está gerando – uma mulataria de guerreiras cafusas, fogosas e bravas de dar gosto. Acho até que Pitum gostaria desta vida se soubesse que podia durar, vivendo anos aqui, para criar suas filhas todas e, depois, as netas, filhas delas. Às vezes até sonhará com isto.

– Este é meu impossível. Como alcançá-lo, meu Deus? – Terminada a fornicação de cada noite, enquanto o sono não pega, Pitum medita: Como é que vou revogar o decreto secreto e fatal que condena todo pai à morte? Sou lá macho de escorpiã ou zangão de abelha pra morrer depois de fornicar? Quem me salvará do Ibirapema? Quem me salvará dos três paus de especar?

Toda tarde Pitum cai na tristeza mais vil só de pensar que, assado no moquém, será um guariba, decerto até gostoso:

– Quem me comerá? Todas? Ou só as donas que prenhei? – Pode bem ser o contrário, leitor – não que ele as coma –, mas que as não prenhadas, por despeito, o comam em suas carnes.

– Quantas malocas faltarão? Haverá um segundo rodízio de repasse para cobrir o mulherio infecundo? Que será de mim?

A margem plácida

Calibã

Pitum exulta: escapei. Acha até que sua salvação foi milagre do Deus da cristandade. Milagre mesmo milagroso: milagrosíssimo.

– Escapei das bichas. Escapei! Estou livre: libérrimo.

Logo cai em si: isto aqui não é nenhuma maravilha. O que vê de bom – ótimo, até – é já não estar em risco de ser morto, moqueado, mastigado, engolido: comido.

– Disso me livrei. De ficar doido, não. Ainda não.

Fazendo das tripas coração, Pitum se convence de que, vivo, enfrentará bugres, loucas e o que mais der e vier.

– Mas estou mesmo vivo? Vivo de verdade? Sei lá!

Só de uma coisa está certo, seguro, contente: vive, agora, com uma tribo de gente bizarra e drogada, mas equilibrada: normal. Uma comunidade de homens e mulheres acasalados bissexualmente, criando juntos os seus filhos, meninos e meninas, contentes, ridentes.

Esses índios são uns ingleses silvestres. Vivem no seu clube, lá moram, lá dormem, lá cafungam e caem no seu barato. Veem as mulheres de dia, na praça, à tarde, para a janta ou por aí, nos matos, a qualquer hora, para outros inconfessáveis feitos. Esquisitíssimos são, mas normais: heterossexuais.

A feição deles é serem pardos, um tanto avermelhados, de bons rostos e bons narizes, bem-feitos. Nenhum é fanado. Andam nus, sem cobertura alguma. Não fazem mais caso de encobrir ou deixar de encobrir suas vergonhas do que de mostrar a cara. Acerca disso são de grande inocência.

Seus cabelos são lisos, corredios. Os homens andam tosquiados, de meia-tosquia, a modo de serem carecas, o que lhes dá um gozado ar senatorial. Machos e fêmeas andam quartejados de cores, a saber, metade do corpo de sua própria cor e a outra de tintura preta, um tanto azulada; outros quartejados de escarlate.

O importante para Pitum é que escapou delas. Escapou coisa nenhuma! Foram elas que o largaram solto: rejeitado.

– Que me importa? Delas só quero distância. Quero é nunca mais pôr o pé lá. Quero é nunca mais ver nenhuma delas. Bonitonas, é verdade. Gostosonas até, mas elas lá com o mundo delas e eu cá, neste mundo ou noutro qualquer, desde que não seja o delas. Canibalas!

Sofre um pouco é ao pensar que as bichas tomaram nojo dele. Não me quiseram mais. Não só como procriador, mas nem mesmo como carne para comer, assada, ele não servia mais. Por quê? Decerto rejeitaram Pitum, como aqueles antigos tupis paulistas rejeitaram o alemão cagão. Enojados de tamanha covardia. Aquele corpão de homem branco parrudo, nem quiseram prová-lo. O dele, jovem, de preto, também não: rejeitaram!

– Tiveram foi pejo de mim, despudoradas.

Pitum devia estar é contente. Mas não. Alguma coisa no fundo de seu coração não aceita, até se ofende, com essa rejeição cabal. Na sua inconsequência considera que ao menos matá-lo as bichas podiam ter matado.

– Mas não: me rejeitaram, repeliram. Jogaram fora, sem aviso prévio. Logo se consola: santa frouxeira a minha, se foi ela que me salvou de ser esmigalhado, mastigado e engolido por aquelas diabas.

O leitor sabe o que são dengues de preto. A verdade verdadeira é que ele não suportava mais viver aquela existência de perigos. Farta de comedorias boas e mais ainda de mulherio variado, no cargo – que até não era tão ruim – de procriador. O preço é que era exorbitante demais: viver debaixo do risco permanente de ser carneado e comido. Quem suporta?

Muitíssimos ilustres homens foram carneados e comidos. Inclusive um bispo – o primeiro do Brasil –, o que, sendo sacrilégio, dignifica o sacrifício. Mas de nenhum deles – senão de índios muito cândidos e insensatos – se disse que gostou ou ao menos se conformou de ser comido. Civilizado nenhum não.

– Muito menos eu – pensa Pitum.

A fuga ou rejeição de Pitum foi tão afrontosa, repentina e aventurosa como sua chegada lá no mundo das donas. Estava ele em viagem com um grupo delas, cuidando que ia a outra maloca cumprir seu ofício procriativo, quando tudo sucedeu. Lá iam no passo delas, macio e firme de boas andadeiras, já na terceira jornada, sem novidades. Viajava até contente: duas noites dormiu bem-dormidas, sem atender mulher nenhuma. Aí sucedeu o inesperado: abruptamente.

Foi ao meio-dia, como da outra vez. Chegavam à margem de um rio grande, quando das águas começou a subir uma bruma branca, esfumaçante. De repente, a névoa ficou mais densa e a bruma que subia já era uma chuva que escorria. Aí Pitum reconheceu:

– É a cortina. – A branca cortina surgiu ali rente, fechando o mundo, anuviando tudo. Nisto estava, bestificado ainda, quando ouviu o berro de uma dona:

– Corra! – No mesmo instante se sentiu puxado e saiu correndo com ela, em passo acelerado, pela barranca do rio bem junto da cortina branca. Inesperadamente, a dona parou e ele também estancou, esbarrando nela.

Olhando pro outro lado da cortina, viu lá parados, no meio da bruma, dois índios de pé olhando, em espanto. Com seus arcos e flechas nas mãos, lá estavam eles galantes, pintados de preto e quartejados de vermelho, assim pelos corpos como pelas pernas.

Apenas Pitum cruzou o olhar com o deles, tudo sucedeu, instantâneo. Levou um empurrão e tombou no ar. Mas em vez de cair n'água como esperava, caiu foi rolando na macega, da outra margem.

Levantando, ao ajeitar o coité de urucum sujo de capim, viu que estava no lugar onde estavam os índios, na outra banda. Isto comprovou, vendo ali mesmo no chão a seu lado, um jamaxim de índio com uma paca morta e dois paus de fazer fogo. Dos dois índios nada. Sumiram.

Quando acalmou o coração disparado, Pitum levantou trôpego para dar uma volta por ali, olhando, decifrando. Primeiro, andou pela borda do mato alto que fechava dum lado. Depois, pelo lado oposto, na beira do rio que corria tranquilo, natural.

– É a meu mundo que retorno? Retorno à minha banda? À minha margem?

Não vendo ninguém, nem perigo nenhum, voltou ao mesmo lugar, pegou os tarecos dos índios e passou a tarde assando a paca no foguinho estalante de lenha ruim que acendeu com os paus de fogo. Comeu lentamente, meditando, assuntando: Acabou minha pensão de cama e mesa. Cama de rede com uma dona dentro cada noite. Mesa da dieta de guariba moqueado. Vida boa e barata. Que vai ser de mim?, perguntava.

– Queira Deus esta seja a margem plácida.

No outro dia, Pitum deu uma volta maiorzinha, entrando um pouco no mato. Queria tomar rumo, mas temia sair do lugar onde caiu. Para onde vou? Todos os lados tinha abertos, ofertados. Mas caminho nenhum se abria a ele para lugar nenhum.

– Meu regimento, onde andará?

Bestava Pitum por lá, distraído, digerindo um resto de paca, pensando em tomar banho sozinho, quando foi assaltado e agarrado. Assustou-se demais. Pudera! Tudo o que acontecia ultimamente a ele era assim inesperado, instantâneo e fatal. Ali também. Sem quê nem pra quê, se viu derrubado e esmagado por um bolo de gente. Caíram em cima dele e o agarraram esganados.

– T'esconjuro, me larguem – gritou.

No meio da confusão só pôde ver que não eram mulheres. Eram homens armados de arco e flecha, tintos de tintura vermelha pelos peitos e costas e pelos quadris. Um trazia na nuca uma espécie de cabeleira basta e cerrada, feita de pena amarela. Todos tinham o beiço de baixo furado e metido nele um tembetá de osso, com forma de prego, e assoviavam pelos ditos buracos.

– Que raça de demônio de gente será esta? – perguntava.

Meio sentados no corpo, nos braços e nas pernas de Pitum, os índios começaram um interrogatório cerrado na língua lá deles, de que o preto não entendia nada. Nadíssima. Só compreendeu o que queriam quando eles agarraram o jamaxim e mostraram os dois paus de fogo, perguntando coléricos, gritando. Assombrado, Pitum respondia em português e na língua lá das donas.

– Foram elas, as despeitadas – dizia. – Foram as sem-marido que levaram os dois. Decerto já comeram um e o outro está me substituindo. Agora será o procriador do mulherio.

Os índios, não entendendo nada, acabaram desistindo daquele diálogo desencontrado. Levantaram Pitum do chão e o levaram, empurrado, para o mato alto e através dele por uma picada que abriam dobrando os galhos com as mãos.

– Pra onde vou, meu Deus! Para onde estes bugres me levam?

Ponha-se, leitor, na pele dele. Não é caçoada. O preto quereria dizer que era tenente, aspirante a capitão do Exército Brasileiro. Quereria, talvez, pedir tratamento de prisioneiro de guerra. Só ganhava eram pescoções e porradas para andar mais depressa, para não tropeçar, nem estorvar, para calar a boca.

Assim andaram, sem comer, o resto daquele dia até chegarem às roças do povoado. Lá Pitum descobriu, tranquilizado, que não tinha caído no país dos maridos das donas. Por todo lado começaram a aparecer mulheres e meninas que o arrodeavam e olhavam curiosas. Entre elas, duas brancas, acompanhadas de quantidades de pivetes risonhos com as caras mais marotas, alegríssimos de ver aquele bicho-gente tão bem tinto de preto. Foi através das tais branconas, depois, que Pitum se explicou. Com elas, por elas e graças a elas se salvou e se perdeu.

– Mulher só me traz desgraça – queixaria Pitum ao leitor, se adivinhasse.

As monjas

Quando pôs os olhos nas brancarronas vestidas de zuarte, Pitum se deu por salvo. Eram a própria salvação, na cara de duas santas missionárias: hão de me socorrer! Chegando mais perto, pôs a boca no mundo:

– Ei, donas, socorro! Me salvem, estes caras acabam comigo.

As duas olharam espantadíssimas. Decerto pensaram, até então, que ele era alguma espécie de índio pintado de preto que os outros vinham trazendo. Pela fala, identificaram:

– Preto é. Mas brasileiro também é: civilizado. – Se entreolharam espantadas.

Só aí, Pitum viu que estava nu. Foi quando uma delas se aproximou, vexadíssima, tirou o avental e deu a ele, com gestos indicativos de que era pra cobrir as vergonhas. De avental, mas com a bunda de fora, continuou no seu tormento, jogado daqui prali.

Assim foi levado ao tuxaua Calibã, que o examinou longamente. Primeiro, com os olhos. Depois, apalpando com os dedos no corpo e esgravatando a boca e os outros buracos todos, como se procurasse um rubi.

Aí a monja mais moça interveio, falando com o tuxaua e depois com Pitum que se apresentou a ela fazendo continência:

– Primeiro-Tenente Gasparino Carvalhall, do Glorioso Exército Nacionall – Às ordens das senhoras, mas pedindo socorro.

Num interrogatório rápido, a monja constatou que ele era a vítima, assombrada, de uma série de confusões, que ela não entendeu bem. Tomou, ainda assim, a defesa do preto dizendo a Calibã que ele não tinha culpa nenhuma do desaparecimento dos dois índios. Adiantou até, por conta própria, que ele talvez fosse prisioneiro da mesma gente que decerto capturou os patrícios índios. O tuxaua contestou perguntando se ele era da tribo delas. Elas, então, confessaram, envergonhadas, que apesar de homem, de preto e de nuelo, Pitum era gente delas: patrício brasileiro.

Difícil foi o trato com os índios que o haviam capturado. Estes não queriam admitir que ele fosse inocente. Agarravam o preto pelos braços, puxando violentamente. Pitum resistia valente, adivinhando que na mão deles seria moqueado. As monjas ajudavam. Uma confusão dos demônios.

– Estes pagãos querem meu fim, donas. Socorro.

Afinal, Calibã os acalmou e, através das duas donas, muito demoradamente, foi se informando sobre todo o acontecido. Quis saber, primeiramente, de Pitum, se tinha sido uma troca dos dois índios Galibis por ele. Esclareceu logo que troca nenhuma eles aceitavam. As monjas garantiram que não. Nessa altura, inventaram até que ele andava à procura delas há muito tempo quando foi aprisionado.

– Santas serão, mas mentem – constatou Pitum.

No fim do dia a versão virou verdade. Lá ficou Pitum com base no enredo de que fugiu da tal tribo ladra de gente pra vir ao encontro das monjas. Com isso sua situação se resolveu, mas também se complicou. Os índios queriam saber que diabo de tribo era essa de que nunca tinham ouvido falar. Exigiam que Pitum os guiasse até lá para resgatar os companheiros deles. O preto só se safou disto se desmoralizando.

– Não, monjas, sou militar mas fanático de briga não sou não, me livrem disto. – Elas o desculparam com os índios, dizendo que estava com uma perna machucada, doendo demais. Pitum passou a andar mancando.

Quando os homens começaram a se dispersar e Pitum se sentiu, afinal, salvo, Calibã o entregou a um grupo de mulheres e crianças que a tudo assistiam ali ao lado, vociferantes. Agarrado, outra vez, o preto se assombrou, viu que o velhaco estava dando uma de Pilatos em cima dele.

– Lavou as mãos e me entregou. Que será de mim, donas? Socorro, me acudam! – gritava aflito, enquanto era levado no meio da maior algazarra. A indiada ria, gozando a covardia de Pitum.

Saiu, assim, das mãos dos homens pra cair nas daquele mulherio. Rodeado delas, aos trambolhões, foi conduzido não sabia pra onde. Afinal, resultou ser a beira da lagoa. Lá, veio outra vez o conhecido suplício de examinarem o corpo dele, todo, mais detalhadíssimamente ainda. Pegando e sopesando as bolas, arregaçando as partes pudendas pra examiná-las bem, comentado como se fosse um pau de bicho. Felizmente, não tinha pentelho nenhum que tivesse de perder, mas a falta foi notada, reclamada.

O estudo anatômico acabou com o banho e o repetido martírio de esfregarem a pele dele com areia para clarear e de esticarem o pixaim, à força.

Quando Pitum voltou à aldeia, estava de novo nuelo. O avental tinha sumido. Aí uma das donas, a mais velhusca – essa mesma Uxa, tão boa amiga depois –, chegou e disse rispidíssima que ele não podia andar assim pela aldeia, nu em pelo. Pitum se exaltou:

– Como não? Esses índios estão todos nus! Ou acaso estão vestidos?

Aprendeu naquela hora que mesmo nus os selvagens estavam vestidíssimos. Cada homem tinha, ele viu, um lacinho de cordão atando a pele do bico do pau de modo a meter o cano, enrustido, pra dentro. Com esse arranjo o distinto fica como uma chupeta de criança e o saco se avoluma, atrás dos ralos pentelhos.

Viu também que as mulheres, a seu modo, estavam vestidas. Tinham nas partes um uluri que é o menor biquíni deste mundo. Não passa de um triangulozinho de palha com três centímetros de lado, pendurado num cordão que arrodeia a bunda e atado a um rabichinho preso pelas nádegas. Mesmo tão minúsculo e não escondendo nada, o uluri é, sem qualquer dúvida, uma vestimenta. Sem ele, as índias ficam vexadíssimas, se sentem mais do que peladas: exibidas. O uluri é roupa também e principalmente porque nenhum homem toca um dedo naquele troço: dá um azar danado! Inventivos esses índios são, até demais. Com essa coisinha catita de folha de palmeira reinventaram o cinto da castidade ou lá o que seja.

– Uma dona só dá se está a fim – concluiu Pitum, encantado com a faceirice índia.

A nudez de Pitum teve um remédio inesperado. Isso sucedeu logo depois do pito que levou de Uxa. Vendo a cara zangadíssima dela, o tuxaua Calibã perguntou o que havia. Inteirado, achou a saída. O preto só viu as duas branconas e o chefe índio se juntarem numa falação cerrada, em estilo de mexerico, a que se seguiu outro susto: ele foi agarrado por Calibã e levado embora: não sabia pra onde.

Lá ia o preto, na frente, malemovente, sem ânimo de resistir. O chefão atrás, gaiato, abria-se em gargalhadas. Rindo assim, entrou com

Pitum no malocão central, que é o clube masculino da aldeia: a Casa dos Homens. Na porta, do lado de fora, Pitum foi recebido por Axi, que já o havia defendido contra seus apresadores. Agora Axi oferecia a Pitum dois papagaios, dando a entender, por gestos, que era para ele aprender a falar.

Pitum só se tranquilizou de todo quando o tuxaua entrou na maloca e desenterrou, do chão de debaixo de sua rede, para oferecer a ele, um cacho de bananas-ouro estalando de maduras. Aplacada a fome canina que nem sentia, se aquietou, relaxou, até sorriu, cercado pelos rapazes índios, todos se inclinando gentis para saudá-lo.

Pitum percorreu com eles o malocão, olhando as máscaras de santos-bichos dependuradas nas traves e as vinte e uma flautas de paxiúba, longuíssimas umas, longas e curtas outras, algumas com forma de serpente, aprumadas num aparador. Das máscaras e das flautas exalava um mistério de coisas sacrais, genitais, que o preto, percebendo, tremeu. Adivinhou ali que estava numa espécie de templo da machitude onde mulher nem criança não entra jamais, sem profanação irreparável.

Um índio velho, com cara de sacristão, olhava para ele, odiento. Só isto destoava da alegria cordial de todos.

A certa hora, Pitum se viu levado para o centro da casona e lá, rodeado pelos machos todos, começou a ser enfeitado; na sua cabeça puseram um cocar amarelo-solar, na cintura, nos braços e nas pernas, vistosos adornos. O nosso preto ficou esplendoroso na sua nudez emplumada.

A certa altura, Calibã reapareceu todo pintado e adornado, ele também, trazendo na mão um arco e um maço de flechas cerimoniais. Deu uns pulos compassados na frente de Pitum e lhe entregou as armas. A seguir, se pôs, de pé, bem na frente dele, e, muito hirto, fez um discurso perorado. De repente, se inclinou e agarrou, instantâneo, o pau de Pitum, que levou um susto desbragado.

– Vai me capar, este corno? – foi o que temeu. Quis escapar, mas não pôde, agarrado que foi pelas costas pelos jovens que o paralisaram. O tuxaua pegou de novo o pau de Pitum, puxou a pelanca, deu a um índio pra segurar e aí, com as mãos livres, atou o nó – o tal nó da vergonha – dizendo não sei o que em língua galibi.

Nesse passo, Pitum – já de pau devidamente enrustido –, vendo que os homens todos sorriam cordiais, se tranquilizou. Despreocupado, saiu andando com eles pelo malocão para ser recebido em cada conjunto de redes dos muitos que havia ali. Em cada grupo sentava na rede rodeado e cercado por um bolo de homens se encostando, se roçando nele com os ombros e com as costas. Pitum se perguntava:

– Serão bichas, estes índios? Onde é que fui cair, meu Deus? Que provação é esta? Saí daquele mundo arado das dononas pra cair num mundo de xibungos? – temia Pitum, abismado.

Viu, depois, que não era nada não. O leitor saberá que é hábito dos índios esta esfregação. Eles gostam demais de roçar os corpos uns nos outros. Mas não têm malícia nenhuma. Não passa disso. Geralmente não.

No dia seguinte, Pitum foi se acostumando com sua nova vida de índio. Vivendo sempre ali na Casa dos Homens e dando suas voltas pelo casario da aldeia que fica ao redor.

Assim é que se iniciou nos bons e nos maus costumes dos índios, adotando uns, repelindo outros. Entre eles, os vícios do paricá e da Caapinagem. Paricá é um rapé que os índios aspiram ou sopram uns nas ventas dos outros com um canudinho de osso. Caapi é um mingau amargo como o diabo. Ambos dão um barato total, mas o Caapi alucina mesmo. Para as monjas são coisas do demo. Disto têm certeza porque os índios contam que as plantas de que tiram um e outro são falantes. A do paricá chora feito criança quando colhem. Ao tirar as cascas para o Caapi, a árvore ri às gargalhadas.

Sempre tem um ou outro índio ali na maloca, escornado, na dele, babando esbugalhado. No barato eles caçam as únicas caçadas dignas de serem contadas. Vivem aventuras em que falam com bichos sábios, aprendendo os segredos do mundo. Às vezes também desembestam numa viagem azarada que custa horas de horror medonho e dias de angústia indizível.

O paricá eles cafungam. O Caapi, bebem. Se é que um mingau grosso assim pode ser bebido. Pitum, que já espirrava com o pó solto no ar, não quis saber do jato de paricá. Experimentou, com a ponta da língua, foi o Caapi e repeliu, repugnado, aos vômitos. É coisa amarga de macho verdadeiro que nunca provou mel.

Nesta Casa dos Homens, Pitum passou sua primeira tarde de discreta cocegação. Calado de doer porque nada sabia dizer, mas sorridente. Contente de ver que ninguém ali tinha cara de querer comê-lo. Quando caiu a tarde, saiu com todos os homens do malocão e sentou-se com eles, pra ver o sol se pôr e comer a comida que as índias trouxeram.

– Boia boa a desses índios, variada, gostosa. Até sal tem. Sal amargo, é verdade, mas salga – foi o que disse à jovem monja.

Só então Pitum soube, pela mesma Tivi, que ficou agachada atrás dele, dando comida, o que tinha acontecido. Aquele banzeiro índio foi pra fazê-lo miaçu do tuxaua Calibã. Quer dizer, soldado, pau-mandado dele com obrigação de acompanhá-lo em qualquer guerra que declare.

Desde aquela noite Pitum dormiu na rede que deram a ele lá no clube dos homens. Roncou tranquilo e dormiu bem demais, sem o cansaço físico e nervoso em que vivia no ofidiário das despeitadas. No outro dia, falou demorado com as monjas.

Assim começaram ou continuaram as surpresas e as confusões em que foram se metendo os três representantes da cristandade e da civilização no meio da indianidade.

O principal desentendimento de Pitum com as monjas decorreu do veto severo que elas impuseram a seu casamento. Não admitiam que ele aceitasse a índia que o tuxaua lhe deu como prenda.

– Em hipótese alguma – diziam.

Já estava até escolhida, e o preto se acendeu de entusiasmo, quando mostraram Rixca pra ele. É uma moça jeitosa, novinha, gentil, de cabelos muito pretos, escorridos em finas tranças pelas costas. Mas é a indiazinha preferida das missionárias. Leva jeito, até encanta, com sua vergonha (que ela não tem) tão bem-feita e tão redonda e com tanta inocência descoberta, que muita moça carioca a vendo se envergonharia de não ter a sua como a dela. Andava ali, galante, com uma coxa do joelho até o quadril e a nádega toda tingida daquela tinta preta esverdeada e todo o resto do corpo na sua cor natural de um moreno claro de mel.

Isto faz parte da etiqueta Galibi. É preciso casar Pitum porque índio não concebe que um homem ande solto na aldeia sem mulher que lhe dê comida e carinho. Pitum gostou demais, tanto da moça como do costume, mas teve de se conter, atendendo à insistência enojada das monjas. Segundo elas explicaram, era indispensável desistir do casório por um imperativo moral: não era honesto, nem conveniente, que um civilizado se metesse a índio.

– Mas se eu não tenho nenhum voto de castidade, por que não?

Elas insistiram: quer virar índio? Quer ficar desmoralizado? Quem é você pra sair pelo mato caçando e pescando como índio? Já pensou no que é derrubar floresta amazônica pra fazer roça? Você é lá capaz disto! Vai ficar desmoralizado. Aí perde a honra e a mulher também.

Atordoado com a argumentação cerrada, Pitum se confunde, sem atinar com a razão de tanto empenho. Será coisa de crente? – se pergunta. – Só eles são assim de intolerantes.

– As senhoras são protestantes, pois não?

– E daí? Eu sou é pentecostal. Ela é até católica – respondeu a velha Uxa em tom agressivo. Pitum recua, mas insiste:

– Nem cristão sou. Sou é de Oxumaré! Por que um preto brasileiro não pode desposar uma índia?

A reação de nojo delas foi tão veemente que Pitum achou que tinha ido longe demais. Para não se avacalhar voltou pra Casa dos Homens.

Ele se sente melhor com os índios do que na choça das monjas, quando elas dão de implicar. A princípio, o ruim do convívio com eles era a barreira da língua. Depois e sempre, foi a animosidade surda de Cunhãmbebe, o feiticeiro, que não suportava sua presença.

O pajé, que já não gostava das freiras, odeia o preto. Cada vez que cruza o olhar com ele, saltam faíscas. Não diz nada, mas também não disfarça. Fecha a cara, mergulha no seu silêncio e lá fica, tremendo em surdina o maracá que sempre tem na mão. Pitum tenta entender se a batida é só de malquerência ou se é de praga ou de feitiço. Cruza os dedos das duas mãos e bate no pau pra se livrar de alguma desgraça.

Cunhãmbebe arma sua rede na frente do penduradoi de máscaras e das flautas. Lá vive trançando sua longa trança. Volta e meia tira uma delas e alisa, acariciante, como se tivesse tocando coisa viva e põe, depois, no mesmo lugar, respeitosamente. Oficia na Casa dos Homens, toda tarde, cantando e tocando maracá. Quase sempre só, mas acompanhado pela homenzarrada toda quando se põe a gritar que sente no ar a ameaça de mamaés. Só oficia fora do malocão quando trazem alguma mulher ou criança ao pátio pra ele tratar. Cura chupando os bichos que provocam doença ou soprando fumaça para enxotar espíritos malignos.

67

Logo que chegou a Galibia, Pitum viu que as ocas daqui, como as malocas de lá, são enormes cestos rijos, cobertos de palha. As casas das mulheres, dispostas em círculo, são do mesmo feitio, mas menores, contrastando com a Casa dos Homens, que é descomunal. Além de enorme, ela é escura e fumarenta porque só entram luz e ar por um buraco baixo que serve de porta e dá para o pátio de terra batida. Dentro dela a homenzada acampa junto das paredes, agrupada em suas redes, cada um tendo debaixo um foguinho com que se aquece de madrugada.

À primeira vista, a Casa dos Homens é um pandemônio de homens se coçando, conversando, rindo, fazendo flechas e arcos, gritando, cantando, cafungando, espirrando, cuspindo, peidando, compondo adornos plumários, tocando maracás, soprando flautas roucas e esganiçadas, rufando tambores e até batendo sino.

Depois de algum tempo ali, Pitum viu que naquela confusão há uma ordem. O mais admirável, entretanto, é o sempre ameno convívio cristão desta indiada pagã. Seria até um estilo de vida recomendável se não fosse a ociosidade índia incompatível com o progresso, pensa o preto:

— Estão atolados no atraso, estes bugres. Vivem na fartura curtindo preguiça. — Para ele, o ofício real dos Galibis é viver convivendo e pecando inocentemente na sua comunidade solidária. Os homens, uns malandros, é verdade que caçam e pescam em duras jornadas; mas depois descansam dias, balançando na rede, cafungando, filosofando e rezando. As mulheres são mais ativas. Fora da aldeia, plantam roça e colhem, apanham água e lenha, carregam carga. Dentro de casa, cozinham e amamentam, fornicam e mexericam.

— Não querem outra vida, estes bugres — conclui Pitum. — Nem eu.

As monjas acham isto tudo abjeto. — Abominável, diz Uxa. — Os homens, nesta fartura da vida natural, tendo tudo dado sem fazer força, caem na indolência. As mulheres, não participando da vida social e cívica nem da religiosa, são mais animaizinhos silvestres do que gente mesmo. Só se movem e comovem pelos instintos pecaminosos. Para isto riem regateiras, se enfeitam de flores quando vêm do banho, se pintam vaidosas de urucum e jenipapo e andam galantes balançando os quartos, cada vez que dão com um homem.

Brasis

Pitum se perde é pela boca: falastrão. Querendo agradar às monjas e esclarecer enigmas, complica tudo. Primeiro, fez a besteira de contar a elas, sinceramente, a verdade dele acerca das mulheres despeitadas. Contou em detalhes, sem recato algum, como elas são e o que ele próprio fazia lá. Depois relatou, com todo detalhe – repetindo cinquenta vezes e até hoje continua se explicando –, a história inverossímil da Guerra Guiana do Exército Brasileiro. Besteira grossa ter-se aberto assim. Tolice total.

– Como é que eu podia adivinhar? – se recrimina. – São loucas estas monja! Loucas! Taradas.

Elas não acreditam em nenhuma das verdades dele. O caso das donas sem-marido, para elas, é totalmente inacreditável, além de indecoroso.

– Só uma imaginação enferma de erotismo inventaria uma fábula dessas – dizem.

Acreditam menos ainda na Guerra Guiana. Acham e dizem, na cara de Pitum, que ele é louco desvairado e embusteiro.

– Louco manso – admitem. – Manso, por agora, mas louco: louquíssimo e mentiroso.

Aqui entre nós – leitor ou leitora , é muito compreensível que as monjas duvidem destas verdades. Do ponto de vista delas, como é que pode haver, sem ser vista nem ouvida, uma estrondosa guerra civilizada ali, bem na cara delas? Ali onde estão há anos sem ver nada? Esta mentira lhes parece ainda maior do que a de colocar, do outro lado do rio, a tal tribo tresloucada das mulheres sem-marido de que nem os índios nunca falaram.

– De nós eles não esconderiam isto, jamais. Se não sabem é porque não há nenhuma nação assim. Juram que hão de descobrir a verdade verdadeira que se esconde debaixo desses enredos, claramente inventados para disfarçar algum grosso malfeito.

– Qual? – Como Pitum, embora acanhado, insiste na mentirada, elas apelam para a chave de galão de sua autoridade científica. A mais velha, Uxa, apresenta-se formalmente:

– Sabe com quem está falando? Sou é Master em Etnografia MN-QBV e nunca jamais tive a menor notícia de que existam no Brasil índias Canibalas sem-marido. – Esclarece que os próprios índios gregos, que falavam de mulheres despeitadas, sabiam que isso era lenda: Sereias, Amazonas, Icamiabas, Quimeras, Hipólitas, Iemanjás, Janaínas. Tudo são lorotas.

– Você pensa que somos idiotas? – perguntam, irritadíssimas. – É ousadia demais vir em cima de nós com tamanha intrujice.

Verdadeiramente revoltante para elas é a história da guerra Brasil *versus* Guiana. Esta, então, é a própria absurdez! É até impatriótico – partindo de quem se diz tenente do glorioso Exército Nacional – andar divulgando um disparate destes.

Só admitiram uma dúvida levíssima porque saíram do Brasil há muitos anos e um pouco, também, porque esta guerra pode ainda andar longe. Os aviões que cortam os céus dos Galibis são pacíficos aeroplanos.

Quanto às despeitadas, porém, elas não admitem dúvidas: não existem, nem nunca existiram. Jamais! Pitum baixa a crista, submisso, mas resmunga entre dentes:

– Haver, há de haver. Como é que não há?

Uxa, interpretando o resmungo dele como má vontade de preto mal-agradecido, exclama, em tom de pito:

– Tira esta doidura da cabeça, rapaz. É loucura: doidura pura.

– Vejo que é, dona. A senhora tem razão... Nem tenente fui, nem sou. A senhora é quem sabe. – Pitum não só se desmente, como também se pergunta, perplexo: em que é que eu próprio acredito? Em mim? Nelas?

Começa a desconfiar que esteja mesmo louco: se nem sei se existo, como é que posso saber se vi o que vi? Se nem sei onde estou, como é que posso saber, ao certo, onde estava?

Por agora Pitum não tem nada melhor a fazer do que calar sobre estes assuntos de que as santas branconas também não querem mais ouvir falar. Calar e meter dentro de si, bem escondida, a memória dos seus idos, aqueles. Isto é o que tem de fazer. Sua tarefa é negar o que viu, então, e acreditar piamente no que está vendo, agora, com os mesmos olhos que Deus lhe deu.

— Que será de minha cuca solto aqui com uma confusão destas na cabeça e sem casquete militar nem coité de Amazona? Estes meus olhos, tão ruins pra ver as despeitadas, são bons para ver essas donas vestidíssimas? Verdadeiras são só elas: verdadeiríssimas, realíssimas. Elas que aqui estão evangelizando esta indiada letrada. Pode ser?

Assim medita Pitum, olhando e vendo ali, por todo lado, uns índios escrevendo bilhetes em folhas que outros índios leem e respondem também por escrito, rindo às gargalhadas.

— Estas serão visões verdadeiras ou são meras ilusões alucinadas? Estes índios risonhos, que elas querem introduzir na Cristandade, serão índios de verdade? Amanhã, graças a elas, serão índios seráficos, zelando contritos pela salvação eterna... Cuidando-se, pios, contra os pecados da gula e da luxúria. Isto lá pode ser verdade real, palpável? Eu é que sou doido, ou são elas? Ou é o mundo todo que endoidou?

— Salva-me, Nossa Senhora. Salva-me, São Negrinho do Pastoreio.

Ouvindo as absurdidades que as monjas contam do Brasil lá delas, Pitum vai chegando à conclusão de que a doidice bem pode ser delas. A seu tempo, o leitor verá, bestificado, que o preto talvez até tenha razão.

— Não pode haver um Brasil assim — diz ele. — Certamente não há mesmo. Será invenção delas. — E se pergunta: — para que fantasiam tanto? Que é que lucram com isso? A quem é que querem enganar?

Curioso, inseguro e inquieto, o ex-tenente deu pra viver na escuta. Anda tão atento sempre que, agora, é chamado Orelhão. Passa o tempo todo de orelha em pé, ouvido aceso, na oitiva, escutando. Assim tem de ser na Casa dos Homens porque, não sabendo o dialeto, presta mais atenção ainda. Assim é também quando ouve as monjas falando com os índios e procura guardar palavras-chave para exigir, depois, que traduzam tudo direito.

No princípio, Pitum se contentava até com os pitos que recebia das monjas. Depois de tão longo exílio só queria conviver, conversando em Português. Já achava bom demais sobreviver. Depois foi ficando exigente. Agora está impossível. Quer saber de tudo que elas dizem aos índios, do que os índios dizem a elas, e até das conversas lá delas, se ele não está presente. De tudo Orelhão pede contas.

Deu pra impaciente também. Ouvindo, outro dia, as duas conversar em dialeto índio ficou zangadíssimo, esbravejou ameaçante. As monjas também se danaram, e a briga foi feia:

– Sê-besta, Orelhão... Quem é você para estar aí com exigências? Você nem brasileiro é de verdade, ou é? Nem latino-americano você parece ser, meu nego.

– Este Orelhão é do outro mundo – diz Uxa a Tivi. – Ou seria, se não fosse apenas doido. Doido varrido. As duas estão ficando cheias de seus contos de Amazonas, de guerras e de gauchadas. Melhor seria até que ele sumisse no mundo. Voltasse pro oco de onde veio.

– Onde é mesmo seu lugar, Orelhão? – É demais, para elas, aguentar ali na missão a presença e o convívio de um miaçu preto, meio nuelo, falando português com sotaque sulino.

Quando brigam muito, o ex-tenente passa uns dias ressabiado, embolado com os homens lá no clube. Mas como não pode viver calado, acaba voltando. Vem cordialíssimo, requerendo fala e carinho. Elas aproveitam pra cair numa arguição severa sobre as doiduras do Brasil dele. Agora que decidiram que Orelhão é pirado da bola, já não se irritam tanto. Até se divertem com as suas fantasias de maluco.

Pitum – agora Orelhão –, que já deu o que tinha e o que não tinha, continua falando, se entregando. Não se emenda. Teve de desmentir e ainda está desmentindo tudo o que disse. Mas continua falando de novos espantos que tem, depois, de desdizer. É tão fluente como inverossímil. Discorre horas, respondendo às perguntas das donas sobre toda sorte de coisas do contraditório Brasil lá dele:

• a mocidade permissiva e a velhice debochada;
• a machitude crepuscular e a bichice florescente;
• o feminismo salvacionista e o autarquismo sexual;
• a Funai perseguindo índios pra sustentar ex-coronéis;
• a queimada das matas e o movimento ecológico;
• a negritude emergente e a branquitude ressentida;
• a contaminação industrial e a qualidade de vida;

- o militarismo civilista e a democratização autoritária;
- a majestade da justiça e os esquadrões da morte;
- o pau-de-arara nordestino e o boia-fria sulino.

Só não falou mais, nunca mais, foi das Amazonas, nem da Guerra Guiana. De tudo que fala as monjas já têm notícia, mas sempre sabem das coisas de modo diferente. Às vezes até oposta. Orelhão é o dono das versões. Elas, da verdade.

– É outro país esse seu, Orelhão. Parecido com o nosso, é certo, na língua que falam e na mistura das raças, mas muito diferente e muito debochado demais.

Aqui entre nós, leitora, a conclusão conciliatória a tirar disto é que tudo havendo e sendo, simultaneamente, de forma tão diversa, na verdade nada há, nem tem importância nenhuma. Mesmo porque isto é uma fábula.

- Os índios delas nem nunca ouviram falar da Funai: estão felizes.
- A mata amazônica que Orelhão vê devastada e queimada pelas multi lá está, esplendorosa.
- As faladas donas sem-marido, que seriam as Amazonas – desaparecidas há séculos –, lá estão guardadas, arquivadas, na banda delas.
- A Guerra Guiana, se é que há, haverá em outro mundo. No delas tudo é paz.

A juízo das monjas, o único mundo real é o delas de que os índios – também delas – fazem parte. Para Orelhão também este é, agora, o único mundo que importa. Ficando com elas, Orelhão está inevitavelmente mergulhado nele. Saindo, sozinho ou com elas, irá ter, também, é no mundo real delas. Inapelavelmente.

Como você vê, leitor, para Orelhão e para nós só a realidade delas é real e relevante. Todas as mais são ilusórias.

Uxa e Tivi não se consolam de seus selvagens não quererem pregação missionária. No máximo, aceitam ouvir histórias enredadas como a da Arca de Noé e a do Dilúvio. Mas só ouvem para se porem, logo, a contestar ou a confirmar. Pretendem corrigir os textos bíblicos com base no testemunho ocular de sicrano ou mengano dali da tribo que teria vivido, então, e visto os dilúvios de água ou os cataclismos de fogo.

As pobres monjas estão entaladas no impasse. Assuntos pios, missionais, enchem os índios. Chateiam demais. Casos míticos provocam discussões. Dão em disparate. O outro assunto, único, que interessa a eles é a Civilização, mas resulta sempre em arguições perturbadoras.

Apesar das confusões, este é o tema de que mais falam. Os índios de tudo querem notícia. O diabo é que, não sabendo, ainda, que são selvagens, são inteiramente incapazes de entender o que é Civilização. Se acham civilizados, os idiotas.

Aliás, isso de Civilização é também o maior interesse de Orelhão. Estando completamente por fora do Brasil lá delas, ele se aproveita das conversas para informar-se. Cada vez mais ele se convence, pelo que ouve, de que se trata de outro Brasil. O país delas é outro de que ele nunca ouviu falar. De fato, não tem nenhum jeito de ser o Brasil dele, normal. Seja o do passado. Seja o do presente.

As conversas com os índios sobre a Civilização são enredadas, longas. Pra explicar como é uma cidade, as monjas levam horas. Primeiro comparam, dizendo que são formigueiros de gente. Enormes formigueiros com muita formiga-gente andando daqui prali, dali praqui. Explicam, depois, que esse formigueiro fica num descampado, sem nenhuma árvore, mas com muitos caminhos paralelos e cruzados, com casas dos dois lados. Casas quase sempre amontoadas umas sobre as outras, subindo pro céu.

Orelhão acha que elas deviam é dizer que a maioria das tais casas é de aluguel; que o aluguel é caro demais e dobra cada seis meses, com a inflação. A seu juízo, elas enchem os selvagens é de detalhes inúteis sobre telhados de telha, chãos empedrados de pedra, lisas paredes pintadas, janelas de vidro, torneira d'água, luz elétrica, WC e fogão a gás. Até dos telefones dão notícia a eles.

Quando os idiotas já não entendem mais nada, de tanta maravilha que ouvem, elas explicam que lá ninguém pesca, nem caça, nem planta. Ou se pesca, caça e planta, faz cerâmica ou trança esteira, só faz isso a vida inteira. Não confessam é que lá também tudo se compra na feira e custa dinheiro, que é difícil de ganhar. Não há dúvida é de que elas se esforçam demais.

– É como minhas conversas com aquelas dononas que nem existem.

Entrando em confiança, apesar das brigas, as monjas e Orelhão deram de trocar informações sobre o Brasil de cada um deles.

– Estão reformando tudo por lá – conta Tivi – planejadamente, a fim de fazer uma vida melhor para cada um num mundo mais habitável para todos. Por exemplo – diz ela –, o computador muda todo mundo de ofício, de casa e de modo de vida de seis em seis meses, para haver igualdade. O médico vira pedreiro, padeiro ou lavrador, o funcionário se faz carpinteiro, o carpinteiro, policial. O advogado se torna engenheiro e este, pescador ou ladrão. O patrão passa a empregado, o caixa, a gerente. Tudo isso para garantir a equidade.

– Estarão aloprados – contesta Orelhão –, isto é que é! Lá pode ser? Implantaram foi o reino da incompetência. Acaso um major intendente pode ser tenente dentista? Voltaram à selvageria! Sem especialistas e sem burocratas, acaba a civilização – comenta o preto, cheio de raiva.

Uxa nem entra mais na conversa. Está contra tudo e contra todos. Só se ocupa freneticamente é de crochetar mais tangas das que fez para Orelhão não andar nu. Agora, também, para dar aos índios que as desfazem para aproveitar o fio.

Mas Tivi mesma admite que alguma coisa há de errada na passividade com que o povo aprova as novidades.

– Estão dopados. Para os descontentes, a moda agora é largar as cidades para acampar no mato e lá ficar, autônomos.

– Pastando? Vão é virar selvagens – goza Orelhão.

– Qual! Estes se arranjam. Plantam o que comem e comem até demais. Como a alegria vem das tripas, se divertem. Parecem índios.

Veja o leitor: metidos nessas brenhas, discutindo utopias, o magano e as sota-santas se descabeçam. Tao pouco plausível é a rotação semestral de empregos do Brasil das monjas quanto a mutação diária de ofícios com que os sonhadores ingleses quiseram atender a humana vocação do borboleteio.

A leitora viu esta novidade da bucolização? Tantos séculos de luta e trabalho nos milênios de civilização urbana para, no fim, abandonarem a vida cívica. É lá possível?

Selvagens letrados

Pitum, que agora se chama Orelhão, só tem, hoje, uma certeza na vida: este mundo é encantado. Assombrado.

Disso se compenetra cada vez mais, comparando os mundos que viu e que vê com os de que ouve dizer. O de mais antigamente, sua vidinha menina na cidadezinha provinciana sulina, parece falso de tão longínquo. O de recruta, soldado, cabo e sargento nos quartéis de fronteira é memória fugaz como a lembrança de sonhos. O da Guerra Guiana, com seus lances impensáveis, bem como o das donas mandonas são tão improváveis que parecem mesmo impossíveis.

– E eles todos são pinto diante deste aqui; essa indiada perguntona, letrada, catequética. – Mais confuso, ainda, acha ele, é o mundo destas loucas. Um Brasil de rodízios semestrais que nunca houve, nem pode haver em lugar nenhum.

– Mas parece que há, em algum espaço próprio, em alguma margem ou banda ou variação deste mundo desvairado.

– Este mundo é mundos – medita Orelhão. – Passando do meu pros outros vim aprendendo e desaprendendo, sendo e deixando de ser. – Agora, metido na pessoa que as monjas inventaram que ele é, o negro conclui doidelo. – Muito louco que anda por aí, desmascarado por todo mundo como doido incurável, tratado e maltratado a vida inteira como maluco, não é mais nem menos louco do que eu.

– O que nós loucos somos é isto: testemunhas do impossível. O tempo é muitos tempos simultâneos. Impossíveis. O espaço também. Quem atravessou a cortina branca sabe. Todo impossível é possível em algum lugar. Até demais.

E por aí vai Orelhão, antigo Pitum, ex-tenente Carvalhall, em sua cisma.

Tudo está acontecendo o tempo todo. É só olhar e ver: até estas monjas nos seus hábitos de zuarte azul – cada qual com sua cruz de pau pendurada no peito e a boca cheia de palavra de virtude – até elas existem e são santas. A feia Uxa, que me pegou de orelha cativa, também existe. Sabendo que eu sou doido, ela não se preocupa de me contar o que lhe passa pela cabeça. Abre a matraca e fala, fala e fala. Ela se agarra tanto comigo porque a outra, Tivi, nova e bonitona, anda enjoada dela. Só tem ouvidos pro safado do tuxaua. Agora mesmo lá estão os dois sentados nos troncos do cemitério.

Orelhão escuta calado a conversa de Uxa. Quer se informar, através dela, de todas as coisas daqui. Os maus costumes dos selvagens. As zangas dela própria, seus ressentimentos e, principalmente, as queixas que tem do papismo de Tivi. Fala também do Brasil lá dela, que jura que existe, e vai ver que existe mesmo.

– Afinal, o doido aqui sou eu – diz Orelhão, falando sozinho para ser sincero ao menos uma vez.

Os selvagens também são muito falastrões e perguntões. Pena é que Orelhão ainda não entenda quase nada. Conversam horas entre eles e com as monjas. Tanto em conversa falada, de boca, como em conversa escrita. Sempre na língua deles; os ignorantes não sabem outra.

Falando sempre, Uxa e Orelhão foram chegando ao cemitério de onde tinham saído Tivi e Calibã. Lá cataram as folhas de sororoca que ficaram no chão e ela foi ordenando e traduzindo para si mesma e pra Orelhão a última conversa dos dois.

– Indiscrição – pensa ele, mas escuta e gosta.

O selvagem escreveu na folha de sororoca: Vocês mataram mesmo o Filho de Deus?

Ela respondeu: Sim.

O tuxaua pergunta, em baixo: Ele era todo-poderoso?

Ela: Não era não: é!

Ele: E morreu, assim, de besta?

Ela: Não, ressuscitou.

Ele: Então foi só uma treita?

A velha se danou novamente com Tivi, rasgou as folhas renegando a companheira:

– Estou é com Anchieta. Missão é na sojigação. Certos assuntos são só pra extrema-unção. Tivi quer falar de tudo: dá nisto. Azeda, Uxa comenta outra vez que foi tolice, tolice grossa, essa de ensinar os índios a ler e escrever. Analfabetos não ficariam tão acesos e perguntões.

– E foi inútil – conclui. – Não querem saber de leitura bíblica. O máximo que fazem é ajudar nas novas traduções, em troca de anzóis. Usam a escritura só pra brincar, mandando recados safados daqui pro mato e do mato pra cá.

– A velha bem pode ter razão – pensa Orelhão. – Isto aqui é uma pouca-vergonha. Onde já se viu selvagem letrado? Ontem mesmo – lá no pátio na hora da comida, quando todos se juntam – um tal Tapira escreveu numa folha pro Xitã:

– Sururuquei com Pinu, ontem, no mato. – Parece que foderam mesmo porque Xitã virou pra Pinu, sua mulher, que estava atrás, servindo a boia, e reclamou:

– Você não está trepando demais com este cunhado? – Uxa contou o caso indignada, como se fosse a escritura que provocasse tanta pouca-vergonha.

– Estes índios são muito depravados, tia. A culpa é deles mesmos. – Ela balança a cabeça, concordando. E, pra não se lamentar, lamenta ainda mais sobre a difícil situação da Tivi: moça e bonita, acossada pelo tuxaua. De fato, o sacana tem fixação nela. Não pode sair de perto que ele a chama de volta. A pobre fica lá junto dele, acocorada, com a saia bem presa debaixo das pernas. Horas. Conversam falado e escrito.

– Qual é o assunto desse converseiro todo? – pergunta Orelhão. – Serão sempre debates teológicos? – Uxa pouco sabe dessas prosas e não diz nada. Mas ele adivinha: o danado quererá saber, pela milésima vez, se as missionárias nunca fornicam. Indagará: por quê? Seu pai e sua mãe, por acaso, não fizeram você fornicando? Isso é que perguntará.

– Ouça, Uxa, ele decerto quer saber é se foi Deus mesmo quem decidiu que vocês não hão de transar nem parir. Quem foi que lhes deu a ordem de fechar as pernas? – A velha sai, resmungando.

– Não posso com preto que não se respeita.

Agora, a grande preocupação das monjas é a pouca-vergonha do Orelhão paquerando Rixca. Está gamadão. Ela também. Sapeca, dá mil jeitos e trejeitos de dizer a ele, sem falar, que está muito a fim.

– É óbvio que, se puder, esse preto não acata nossa autoridade: casa ou amiga – comenta Uxa.

Tivi, depois de meditar e rezar, resolve chamá-lo às falas:

– Atenção, rapaz! Casamento índio é fogo. – Depois da carraspana, passa a explicar, pacientemente, que casando-se com Rixca ele cria uma trama de relações de que nunca mais se livra. Verdadeira servidão pra vida inteira. Opressiva.

– Doce servidão, santa. Não quero outra.

– Besteira, Orelhão, me ouça: este povo índio que você vê aí parecendo misturado, de fato está muito bem dividido, pelas linhas de parentesco, em duas bandas opostas e complementares. Para cada pessoa a metade do povo é composta de gente estranha a ele e, como tal, casável. Quer dizer, livre para o intercurso carnal. A outra metade não; é parentes de sangue e, como tal, vedados, incestuosos. A estes não se pode nem triscar.

– E o que é que Rixquinha e eu temos com isso?

Uxa para de crochetar as tanguinhas que faz para os índios desmancharem e diz, exasperada:

– Não seja debochado, menino. Isso é conversa séria. – Tivi retoma a palavra para dizer com bons modos:

– Ora, têm tudo que ver! Me escute... Tomando Rixca como mulher você deixa evidente para todos que não é da banda dela. Logo, passa a ter sua própria banda que será a oposta à dela. Só por isso, de acordo com as leis das metades exogâmicas, você já ganha, de imediato, dezenas de parentes, a que chamará, conforme a idade: pais e mães, irmãos e irmãs, filhos e netos de sua própria banda, com os quais sempre terá relações fraternais, mas nunca íntimas.

– Entendi. Com esses não posso transar, só conversar.

– Isso mesmo – responde Tivi, se contendo. – Mas simultaneamente, você ganha, do lado oposto, quer dizer da banda de Rixca, outros tantos contraparentes que chamará de sogros e sogras, cunhados e cunhadas, genros e noras. Com estes, as relações são exatamente o contrário. Com os sogros você não pode nem falar. Nunca. Não deve nem mesmo encará-los, jamais. Mas a eles tem que dar sempre um bom pedaço de toda caça que caçar. As relações com as cunhadas são delicadíssimas. Se você se abre demais em atenções, todos vão maliciar pensando que já está dando em cima delas para a concupiscência carnal.

Se você se guarda, elas vão achar que é metido a besta, ou que é muito tímido: e começam a falar mal e a odiar.

– Quer dizer, o adultério aqui só é consentido com as parentas da própria mulher? Gozado! Lá no Rio Grande isso ia dar um galho danado.

– Mais ou menos. Mas tem mais. Escute: para bem conviver com esta parentada toda, você tem de trabalhar dobrado. É verdade que ganhará muita comida, muito presente e muito amor ou carinho de um lado e do outro. Mas o diabo é que, aqui, pra cada coisa que recebe, você tem que dar outra, se possível melhor do que recebeu, para ganhar prestígio. Entre esses índios ter e guardar é sovinice até vergonhosa. Aqui, a lei é da reciprocidade. O prestígio vem é de dar e dar e dar.

– Serão comunistas, estes Pais da Pátria?

Nesta altura, outra vez interveio a velha Uxa, que ouvia calada, tricotando.

– E tome cuidado, Orelhão. Incesto aqui não é pecado não: é crime. Transar com qualquer das mulheres que pra eles são suas parentas de sangue dá em morte certa. A garotada que anda pelos matos tomando conta e denunciando toda sururucação da aldeia vai sair dedo--durando. Aí os índios entram em ódio sagrado e vão em cima, furiosos. O castigo é cortar, ali na hora, as juntas dos dois incestuosos, para se esvaírem em sangue. – Orelhão baixa o facho:

– Caso não, dona monja. Não caso mesmo não! São selvagens demais estes cunhados. T'esconjuro!

Uxa está convencida de que a missão desandou foi com a louca ideia que tiveram de alfabetizar os índios. No princípio foi uma maravilha, diz ela. Depois, vieram os problemas.

Tendo Orelhão para ouvir, ela crocheta tangas e fala, descorrido, sobre aqueles meses de alegria.

– Alunos como estes índios não há. Em três meses estavam todos alfabetizados. Todos, creia-me: todinhos. Foi uma festa. Na brincadeira, gritando uns pros outros, aprenderam as letras e começaram, logo, a decorar a figura das palavras. – E foi por aí contando, animada, sua aventura.

– Por que adulto civilizado é tão cabeça-dura? Índio isolado, incontaminado, como estes nossos daqui, têm uma cuca maravilhosa. Isto vem da própria ignorância: não sabendo que ler é importante, e tendo esta confiança sem limites que têm neles mesmos, aprendem tudo rapidíssimo.

– Percebo. É falta de senso crítico – comenta Orelhão. – Não tendo crítica e muito menos autocrítica, desembestaram na leitura, como se fosse uma brincadeira inútil.

– Isso começou – conta Uxa – quando propusemos ensinar as crianças a ler e escrever, tal como se faz em toda missão, desde sempre. Este tuxaua, sempre novidadeiro, junto com Tivi, que não fica atrás, entornaram o caldo. Primeiro, ele quis saber o que era mesmo isso de ler e escrever. Depois, disse que ia pensar.

Uxa conta, então, que os homens conversaram dias, lá no clube deles, e foi se levantando aquele alvoroço. No fim, era um banzeiro. Todos queriam saber, detalhadissimamente, o que era isso de ler e escrever. As duas demonstraram cem vezes que podiam uma ler, a outra escrever, e vice-versa, e repetir direitinho tudo o que eles dissessem, na língua deles, a qualquer distância, de dia ou de noite, até de ouvidos tapados e de olhos fechados. Encantados, os selvagens decidiram que escrita é coisa boa demais pra criança.

– Queriam aprender eles mesmos: os homens. E não ficaram nisso: aprenderam – diz ela, crochetando mais ligeiro. – Mas converteram a leitura num jogo.

– Ninguém aqui – se queixa ela – quer saber do Gênese, nem do Apocalipse, nem de Mateus, que traduzi ao dialeto e mimeografei pra eles. O resultado – conclui Uxa – é o que se vê aí: índios catequizados e letrados que só querem escrever bilhetinhos da caça pra aldeia, daqui pra lá, contando potocas. Ou aqui mesmo conversar por escrito conosco ou entre eles. Pura bandalheira.

Os homens se divertem demais com a escritura. Não tanto as mulheres e os meninos, que olham de longe. Elas, apreensivas. Eles, curiosos. Uns e outros querendo adivinhar o que provoca tanta agitação. Vivendo isolados de tudo o que se passa na Casa dos Homens, tudo olham temerosos.

Quando se esgotou o estoque de papel e lápis da missão, os índios passaram a escrever em folhas de sororoca com espinho de palma. Sai perfeito, só que não dura. E pra que durar tanta bobagem vã?

– Sempre há um erro ou malfeito na vida, por quê? – pergunta Uxa. – Aqui foi a alfabetização. Culpa da Tivi. – A inesperada e surpreendente eficiência do ensinamento delas e do aprendizado – ainda mais espantoso – dos índios nas artes de ler e escrever deu nisso: uma missão de selvagens letrados. Uxa está certa de que assim atrapalharam tudo.

– Nisto é que dá ser novidadeira como você, Tivi. – E continua a catilinária: – Nunca jamais se soube de missão nenhuma alfabetizando índios adultos. Alfabetiza-se é crianças que, inocentes, aprendem e obedecem. Crescendo, vão se diferenciando e esclarecendo. Um dia, já vestidos, de enxada na mão, trabalhando junto com os caboclos para algum patrão, percebem que os usos e costumes deles são bobagens. O importante é ganhar um dinheiro e comprar umas mercadorias para sobreviver. Aí vão abandonando aos poucos as superstições e abominações.

Tivi, para fugir do debate ingrato – sobre um erro que, se foi mesmo errado, já se errou há tanto tempo e não tem mais conserto –, chama Uxa e Orelhão para o consolo na reza e na meditação. O ex-tenente, que não quer mais saber de leitura bíblica nem de meditação nenhuma, rejeita e estrila:

– Eu sou é da sururucação.

As duas leem Isaías em voz alta, pausada. Depois cantam o Salmo LI. A seguir, meditam uma hora em silêncio sobre o tema proposto por Uxa: os índios, como as crianças, são uma cera mole, moldável, feita para a forma cristã.

Por fim, mergulham, por uma hora mais, no tema de Tivi: o missionário é o jardineiro de um jardim de estátuas de murta; todo dia cuida de cada planta e figura; se não cuida bem, entre os cinco dedos nasce um sexto, até outra perna e cabeça podem brotar, se ele descuida.

Acabada a reflexão solitária, Uxa, malvada, faz Tivi ouvir suas razões protestantes:

– Alfabetizando os adultos convertemos em brinquedo a leitura, que é o que faz de nós, crentes, os verdadeiros cristãos. Lutero, traduzindo e imprimindo a Santa Bíblia, devolveu a palavra de Deus a todos os homens. Converteu, assim, a simples leitura na suprema forma de rezar. Criou um conduto direto da criatura ao Criador. Nós, aqui, fizemos o contrário: deu nisto. A escritura e a leitura, postas nestas brutas mãos silvícolas, fizeram dos nossos índios uns pândegos. Culpa nossa, exclusivamente nossa, que devemos encarar e reconhecer sem orgulho.

– Que Deus nos perdoe. – É o que Tivi responde, mas continua meditando silente: talvez ela tenha razão. Deus é quem sabe. Não podemos é voltar atrás, nem desistir, nem desanimar. Fé em Deus e pé no chão, para ir adiante, é o que cabe fazer. Sozinhas, ou com os índios todos atrás, como Deus quiser. Dar fé a estes corações selvagens não é conosco. Esta tarefa é dEle. Exclusivamente dEle. Só dEle. Nossa parte cumprimos: aqui estamos, Uxa e eu, testemunhando, padecendo e pedindo mais padecimento, por amor de Deus. Mártir quisera eu ser, se me fosse dado o privilégio. Isso não espero, mas cumpro. Nossa parte fazemos, abrindo as mentes selvagens para a palavra de Deus Nosso Senhor.

Perdoe o leitor, eu também acho isso insuportável. Quando a doideira delas dá na veia teológica, não há cristão que aguente.

Orelhão

A choça das monjas estala com a zoeira da discussão dos três representantes da Civilização Europeia, Ocidental e Cristã. Comparam as inovações dos seus mundos.

Das reformas todas do Brasil dela, Tivi só achou boa mesmo a abolição da Justiça e da Polícia. Muita gente se apavorou, pensando que vinha já o reino do terror desesperado. Qual! Sem polícia mancomunada com bandido, o crime ficou tímido e o povo recuperou a coragem de se defender. Sem juízes, promotores, advogados, delegados, notários, burocratizando e encarecendo, a Justiça ficou barata, acessível, justa.

Agora os Julgadores, escalados semestralmente para cada praça, ficam lá sentados a manhã toda, tendo à direita o Tatuador e à esquerda o Argolador. O processo é simples, o povo traz o agressor e o agredido para querelarem ali suas razões. Se o Julgador acata a reclamação, a pena se cumpre instantaneamente. O Tatuador condecora a vítima com uma tatuagem indelével e bem visível. Tão bonita quanto ele seja capaz de fazer. Simultaneamente, o Argolador põe no pescoço do agressor um argolão de uma libra de ferro, impossível de ser tirado em vida.

Há gente com a testa, a bochecha e o queixo pragados de belas tatuagens honoríficas. Há também os que já andam de cabeça tesa e de corpo inclinado pelo peso das argolas que carregam. Onde chegam, todo mundo quer saber como foi ganha cada uma delas e eles desfilam suas histórias, orgulhosos.

- Esta tatuagem aqui, da fronte direita, ganhei no dia em que um cidadão me roubou o relógio e ainda quebrou minha cara. Fiz tal escândalo que agarramos e argolamos o danado.
- Esta terceira argola minha é de trânsito. Ganhei quebrando a perna de uma menina na Avenida Copacabana.

– Que outras besteiras vocês fazem por lá? Me conta – pede Orelhão, dando por provado que aquelas monjas estão mesmo loucas.

Uxa, que adora falar, conta que a Educação ainda está sendo reformada. Teme até que nunca acabem de reformar tal a quantidade de novidades que inventam.

O princípio diretor é que quem sabe ensina o que sabe a quem não sabe. A motivação principal é permitir que os taradinhos por ensinar, que consigam cinco alunos, escapem do rodízio semestral para ficarem só ensinando, flanando, pesquisando ou fazendo o que lhes dê na gana.

Assim é que boa parte dos maiores de trinta anos está ensinando aos outros toda sorte de coisas. Tanto pode ser Leitura Instantânea ou Caligrafia Gótica, como Fabrico Caseiro de Picolé de Frutas, Aritmética pelo Ábaco ou Crochê pelo Computador.

As crianças e os jovens, coitados, sofrem demais com a perseguição dos maníacos que querem ensinar Biologia Molecular ou Trançado de Cadeiras de Vime. Uma sobrinha minha – conta Uxa – ficou louca. Estudava, ao mesmo tempo, a Ioga Implícita no Kama Sutra, Antropofagia Tupinambá, Culinária Mexicana, Tipografia Árabe e Análise Marxista-Gramsci-Junguiana do Discurso Darcyano.

– Devia ser bem feinha de tão aplicada, essa sobrinha – comenta Orelhão.

Ao chegar ao país das monjas, Orelhão perguntava demais pelos turistas. Queria saber se algum deles caiu por lá. Explicava, então, detalhadissimamente, como eles são. Andam aos casais, nus, levando no peito a máquina fotográfica e a tiracolo o gravador, além de uma vara nas costas para carregar coisas e comidas, numa trouxa de pano. Não usam arma nenhuma.

As monjas teimam que nunca viram turista nenhum. Muito menos esses indecorosos dele, por ali. Nem ouviram falar. Se entreolham, estranhando tanto essa história como a da Guerra Guiana: – É louco este tenente! – Às vezes se irritam:

– Você está variando, rapaz! Lá pode algum turista sair nuelo assim por estes matos?

Ele volta sempre à indagação. Quer saber, realmente, é se está no norte ou ao sul do rio Amazonas. Isto porque o sul-amazônico é a zona turística de que vive o Brasil lá dele.

Operários do mundo inteiro, pagando dois meses de seus salários mensais, podem passar um mês na selva com a mãe ou a namorada. Nos meses de setembro a janeiro, quando o Inferno Verde vira o Paraíso Terreal, cheio de frutas, peixes, caças, então a enchente turística é imensa.

Em qualquer igarapé se ouvem línguas e dialetos do mundo inteiro, muito embora cada casal queira ficar longe de todos os outros. São tantos, porém, que sempre topam com estranhos um dia ou outro e tentam conversar.

De volta a seus países, cada turista leva quantidades de fotos e gravações que fica vendo e mostrando a seus amigos o resto da vida. Quem nunca foi à Amazônia morre de inveja.

O negócio é muitíssimo lucrativo. Dele vivem os brasileiros. O único defeito é ser bom demais. Muito turista, gostando daquela vida idílica – sobretudo os soviéticos, canadenses e escandinavos –, quer ficar por lá a vida toda. Coitados! Morrem todos quando as águas sobem, inundando tudo.

Na Casa dos Homens, Orelhão explica pros índios o que é dinheiro. Desenha uma pelega de mil numa folha de sororoca e mostra.

– Isto você troca por tudo o que quiser: fósforos, bala doce, sabão.

– Como é? Quero o meu. Quem é que dá?

– Ninguém dá dinheiro não. É preciso trocar por trabalho: ganhar. Cada um trabalha todo dia pra seu patrão, porque precisa sempre de dinheiro pra comprar o que comer: banana, mandioca; o que vestir; tudo que precisa.

– Como é? O que é trabalhar?

– É fazer coisas: facas, tesouras. É ensinar. É plantar mandioca. Mas não vale fazer coisas pra si mesmo, tem de fazer tudo pro patrão, que se apropria das coisas e paga com dinheiro.

– Como é? Pra que dinheiro?

– Ora, pra comprar o que se precisa. Cada dinheiro compra uma coisa só de cada vez. Comprando, gasta. É preciso ganhar outro dinheiro pra comprar outra coisa. Roupa ou faca, sal ou casa. Tem dinheiro grande e pequeno, porque umas coisas são baratas, outras custam os olhos da cara.

– Como é?

– Assim é. Você entrega o seu dinheiro na quantia certa e recebe o que comprou, e pronto. O dinheiro é que vai adiante, na mão de outro, comprar o que ele quiser.

– Como é?

Desanimado com a cabeça-dura dos Galibi, Orelhão foi conversar com as monjas. Dessa vez caiu lá dando rabanadas, danado, a maldizer as duas.

– Então, que sacanagem é esta de dizerem aos selvagens que no Brasil quem manda são as mulheres?

– Deixa de muita conversa, Orelhão! Estou com preguiça de você – diz Tivi.

– Isso foi o que ouvi. Eles contam que vocês dizem aí que vivemos em casonas que pertencem às mulheres. Dizem até que, lá no Brasil, os pais são amantes das mães – hospedados meio de favor, como se fossem visitas. Quando enjoam, as mulheres até mandam os maridos embora. Lá pode ser?

– E não é mais ou menos assim? – pergunta Uxa, parando de crochetar.

– Me admira vocês, crentes, com estas ideias. No Brasil de verdade, não é assim não, graças a Deus. Toda minha gente vive em ordem, honestamente, e não nessa pouca-vergonha. Vivemos cristãmente. Cada casal mora em sua casa isolada, cuidando sozinho dos seus dois ou três filhinhos. O homem sai todo dia pra trabalhar e de noite pra farrear, quando quer. A mulher fica em casa cozinhando, varrendo, lavando e passando, cuidando da criançadinha. É a rainha do lar. Mas ele é o chefe da família.

– Conosco também era assim – diz Tivi. – Mas mofou, acabou, não deu certo. Faltava casa pra tanta família. Faliu o INPS e depois faliu o BNH. As mulheres deram todas pra trabalhar, ruar, e largar os maridos e dar. Os meninos, na mão de padrasto e madrasta, emburraram. Foi preciso reformar.

A discussão acendeu furiosa. A choça das monjas, antigamente silenciosa, treme na soada do debate acalorado. Cada qual com seu partido. Orelhão conta as virtudes da família cristã: a mãe, rainha do lar etc. etc.

– Ora, Orelhão, vá pentear macacos.

As monjas admitem que no Brasil delas alguns recalcitrantes teimam, ainda, em permanecer na forma antiga que vai se tornando impraticável. A antiga família rica, tradicional, dos pais caindo na gandaia e das crianças convivendo com choferes e criadas, extinguiu-se, naturalmente, com o rodízio. A família proletária, por enquanto, teima em permanecer com a criançada numerosíssima catando lixo pra comer e fazendo treino intensivo de delinquência sob orientação da polícia. Mas há planos de ruralizar todo mundo para bucolizar.

– Estavam resolvendo isso quando eu saí – diz Orelhão. – Pilulando as mulheres parideiras e castrando os homens prolíficos.

No Brasil das monjas, tudo mudou quando foi promulgada a Lei da Fraternidade proscrevendo o amor como cimento da família e instituindo a Irmandade Solidarista e Libertária.

Compreendeu a leitora como é a coisa? Pelo que entendi, a racionalidade do sistema deles se assenta na constatação de que o amor – precisamente por ser a experiência mais forte da vida e também a mais gratificante – não podia mesmo servir de base à estabilidade da família. Com efeito, podendo ocorrer várias vezes na vida de cada pessoa – e sendo possível e até recomendável amar muitas vezes e também, sempre que possível, amar mais de uma pessoa ao mesmo tempo –, só por isso, amor e família – com obrigação de parir, nutrir e cuidar da criançadinha – são irreconciliáveis.

Para florescer bem, o amor não pode estar encarcerado na família; requer liberdade. Nem a família pode se basear nele para existir e durar o tempo necessário.

Um simples cálculo demonstra isto: uma mulher, tendo uns três, quatro filhos na vida, de três em três ou de quatro em quatro anos, leva para tanto uns quinze anos. Como precisa, ainda, estar cuidando de cada um deles até os catorze anos, ocupa nisto tudo pelo menos vinte anos. Qual é o amor que dura tanto?

Assim é que se optou pela sucessividade no amor e pela fraternidade na família de irmãs de sangue ou de compadrio que decidam viver juntas e juntas criar os filhos. É aquela beleza. Cada casona – com dez, quinze mulheres e vinte, trinta crianças, os tios solteiros, separados ou viúvos e os namorados das mulheres – e uma creche e um lupanar.

– Todo mundo está contente – conclui Tivi.

– É o comunismo! O partidão já ganhou lá? – interroga Orelhão.

– Qual o quê, seu bocó. Não seja herege – xinga Uxa.

Tivi, exaltada, se levanta com a costura na mão para andar em roda, meio inclinada, porque o teto de palha é baixo e exíguo o espaço entre as redes e as arcas. Uxa crocheia mais ligeiro ainda suas tangas inúteis.

Orelhão sai e as duas monjas ficam conversando, preocupadas. Tivi se exalta, pensando em voz alta: – Nossos índios são meros Pagãos: inocentes. Esse preto não, ele é Infiel. Sabe da Verdade Revelada e a repele. Conhece a Palavra de Deus e a abomina. Convivemos com a Heresia, que será de nós?

– No princípio Orelhão nos ouvia, rezava conosco, até jejuava nos dias de abstinência. Agora, só quer saber da bestialidade. É uma influência nefasta, depravadora.

Deixemos as monjas curtindo, arrependidas, seus arroubos missionais. Afinal, foram elas que acolheram o preto no seu rebanho. Os Galibis o teriam carneado e comido tranquilamente. E seria até bom.

Cunhãmbebe

Nas conversas sobre altos assuntos missionais, Uxa e Orelhão frequentemente se engalfinham. Tivi não gosta de se meter nessas discussões. Concentra-se toda nos indiozinhos e no seu prezado Calibá.

– Deus quererá mesmo converter esta bugrada? Se quisesse, ajudava – argumenta Orelhão.

Uxa se irrita, mas concorda que o mistério maior desse mundo é o milagre não se dar. É Deus permanecer indiferente.

O preto, animado, prossegue no maior entusiasmo:

– Será mesmo que Deus fez estes índios e os guardou aqui, desde o princípio dos tempos, só à espera de vocês? É lá isso possível? Um povo do tempo de Adão e Eva aqui parado na inocência!

O preto parece ter razão. – Não é crível que Deus tenha feito toda essa gentilidade pagã que se gastou no Brasil desde o dia da "descoberta" só para provar e santificar missionários no martírio. Acho tudo isto duvidoso. Os missionários pelejam anos, décadas, gastando suas vidas nesta pia persistência, para nada. Cada nova geração de índios – como de judeus ou de ciganos – nasce índia e índia permanece no fundo do peito, vendo em nós, os outros, os cristãos.

Será porque nós mesmos só vemos neles os selvagens que eles foram? O que se vê muito demais por aí é caboclo com cara de índio e cuca de sertanejo. Não são índios. São mestiços filhos de estrangeiros prenhados em ventre de índia que nasceram ignorantes de si, pensando que são brancos, europeus, ocidentais, civilizados e até cristãos. Isto somos nós brasileiros: índios destribilizados, desindianizados, desenraizados. Os índios mesmo, que ficaram na maloca, apesar de tanta catequese, só sabem é ser índios. Índios atravessaram os séculos. Índios vão entrar na futura civilização.

– Deus, pelo visto, não gosta de missões. Se gostasse, ajudava.

– Não blasfeme, rapaz! Cuidado! Você está pecando! Nós prosseguimos aqui – Deus seja louvado – a guerra dos Cruzados contra os Hereges na Terra Santa. – Uxa é interrompida nesse rompante por Tivi, que ficou por ali ouvindo a conversa:

– Não exagere, Uxa, apenas retomamos aqui a labuta de Anchieta, de Vieira e de quantos santos homens e beatos se sacrificaram para resgatar esses povos do paganismo. Os Galibis não são Hereges! São é Pagãos. Coitados.

– Qual o quê – ataca Orelhão. – Bestagem. Há lá alguém que acredite que Deus deixou estes Galibis aqui apartados da Cristandade só para agradar vocês duas? Bobagem. Este mundo aqui Ele deu foi pro Diabo. O sacerdote verdadeiro de Deus aqui na Galibia é Cunhãmbebe, o pajé; não é você nem é Tivi.

Uxa se levanta e sai limpando as duas mãos na saia, zangadíssima. Tivi senta na arca de costas para Orelhão. Nada dana mais às monjas que falar no feiticeiro.

Pajé é o cuidador das flautas e das máscaras que elas nunca jamais viram. É o servidor do Demônio, que mantém a indiada cativa, afundada nas trevas. É, acima de tudo, o concorrente e o competidor poderoso, armado de poderes que elas não negam.

O último feito dele foi a malvadeza com que se vingou da safada da mulher. Sabendo que ela estava transando muito com um cunhado, Cunhãmbebe não disse nada. Só cuspiu nas duas mãos e acariciou com elas a barriga da mulher, enquanto ela dava comida a ele, no pátio.

No outro dia se viu a desgraça quando os dois começaram a gritar no mato, pedindo socorro. Ao fornicar, ficaram atrelados um no outro igual cachorros. A dona, querendo se livrar, forçava, esticando o pau do pobre que urrava de dor. Ele, para sair dela, foi dando voltas até fazer do pau um parafuso. Berrava desesperado.

O pajé deixou os dois lá sofrendo e chorando aquele dia e o outro. Só consentiu em socorrer quando a sogra veio e trouxe pra ele a filha mais nova.

– Aquela fornicadora não quero mais.

Com o cuspe que os pregou, os despregou.

É nas festas de Jurupari que Cunhãmbebe atua mais. Comanda tudo quando os mascarados saem do pátio e arrodeiam a aldeia apavorando o mulherio com o ronco das flautas sagradas. As monjas, bem avisadas e devidamente assombradas, se escondem com as crianças e as mulheres. Tapam os ouvidos com as mãos e metem os olhos nas coxas para todo mundo cansar de ver que elas só desejam é não ver nem ouvir coisa nenhuma daquelas abominações.

Sabem bem qual é o castigo para qualquer mulher surpreendida vendo, olhando, curioseando a presença de Jurupari: é ser morta, currada por todos os homens.

Contra o poder de Deus, a única potência eficiente neste mundo Galibi é este demônio do Jurupari e seu reitor, Cunhãmbebe. Aquelas flautas e aquelas máscaras não são representações dele, são o próprio Jurupari nelas contido, vivo, atuante. Pajé mesmo, como qualquer sacerdote, é mero oficiante. Um oficiante especial, é verdade, demoníaco, por sua sabedoria herética de pastor negro desta indiada inocente. Ele é o Herege no meio dos Pagãos. Nem pecar peca porque sendo, como é, o Anjo Negro, irmão de Lúcifer, cumpre sina que lhe foi dada pela Santidade. A missão das monjas, elas bem sabem, é salvar esta indiada que ele mantém atolada na perdição.

A única vitória de Uxa e Tivi sobre o pajé foi alcançada fazendo Calibã pendurar na cumeeira da Casa dos Homens o sininho sonoro que trouxeram trabalhosamente para a missão. Lá, todo dia a qualquer hora, pela mão de algum maluco, ele badala e dobra, dizendo a palavra de Deus em cima dos Santos Bichos mascarados e de suas falas aflautadas.

Imenso é o júbilo das monjas quando ouvem o sininho tinindo lá onde elas não podem entrar. As duas riem consoladas: este mundo é de Deus, há de ser recuperado.

Tivi só reza pedindo a Graça. Não gosta de falar, nem mesmo de pensar nisto, com medo de ser desencantada. Seu sonho e projeto é alcançar de Deus o milagre da conversão de Calibã. Ganho para Cristo, ele mesmo tocará fogo na Casa dos Homens para queimar as máscaras e as flautas e enxotar os machos todos, forçando-os a ir viver cristãmente com suas mulheres. Cada casal em sua casa, sem sodomias, nem adultérios, nem incestos.

– Calibã será nosso Clodoveu.

Uxa reconstitui para Pitum a história da missão. Conta, com toda unção, o bom combate que vêm travando ali há anos contra o paganismo desse infiel gentio Galibi.

– Batizar, batizamos demais – diz ela. – De fato, batizamos em *causa mortis* todos os homens e mulheres, pequenos e grandes, que morreram aqui desde que chegamos. Muitos ganharam, por nossas mãos, ao morrer, a Vida Verdadeira. Lavados na água batismal dos seus muitos pecados e comungados através da Extrema-Unção, saltam das Trevas do Paganismo para a Glória de Deus nas Alturas. Só escapou este Axi, que, depois de desenganado, batizado e ungido, sobreviveu para recair na vida nefanda.

– E os moribundos aceitam estes batismos? – pergunta Pitum.

– Aceitam muito bem. Por que haviam de recusar a Vida Eterna? Essa gentilidade – admite Uxa – nisto é perfeita: tudo quanto dizemos, creem.

– Sacramentos outros não celebramos – lamenta Tivi. Nisto é que um sacerdote faz falta. Estes coitados nunca participaram do sacrifício da Santa Missa – só comem as Ceias de Uxa – nem viram uma Crisma, bispal, solene. A própria Confissão sempre me sai atravessada. Quando ponho um índio ou índia a falar de suas torpezas, eles entram a relatar seus malfeitos com tal orgulho e altivez que repecam, eles, de soberba e eu, de respeito humano.

O Matrimônio, tão necessário também, para acabar com o incesto, a poligamia, o adultério que lavram por ali, é ainda mais dificultoso. Isto elas verificaram, por experiência própria, quando Uruãtã, o melhor caçador Galibi, concordou em trocar sua mulher mais velha por um facão novo, ficando só com a irmãzinha dela. O escândalo que a velha aprontou foi horroroso. As mulheres se revoltaram num banzeiro infernal. Quase expulsaram as monjas da aldeia.

Até hoje elas pagam por este erro zeloso. O adultério, agora, elas só combatem açulando os meninos contra os fornicadores do mato. Aliás é nesta gurizada que Uxa põe suas esperanças de conversão dos Galibis.

Seu sonho suspirado é ordenar um dia um desses meninos como sacerdote da Santa Madre Igreja. Com este objetivo, as duas encenam solenes Atos pios em que Deus e o Diabo lutam porfiados. O Diabo, coitado, sai das profundezas de suas locas, todo disfarçado, só para ser desmascarado e vaiado. Deus surge sempre menino luminoso, belo, belo, todo ornado de penas amarelas de japu.

– Estes são inventos de Tivi. Sempre novidadeira – reclama Uxa.

Além dos Atos, as monjas organizam belas Festas cantadas de cantos corais que os índios entoam, encantados. Disto Uxa gosta demais. Também montam procissões engalanadas de meninos representando anjinhos e santinhos, puxadas por Tivi com sua flauta, cantando em lusitano:

"... no céu, no céu

com minha mãe estarei..."

O grande cerimonial delas é a Devoção de que a indiada participa na maior assuada. Até Cunhãmbebe fica lá sentado, olhando. São tardes de confissão pública em que, ao toque do pandeiro de Uxa, os meninos dançam alegres e, a intervalos certos, cada guri ou guria denuncia as fornicações que viu. A indiada, sentada ao redor, adora o espetáculo. Caem na gargalhada cada vez que uma parelha prevaricadora é denunciada e gritam:

– Sururucatu, sururucatu.

Assim é que as monjas vão pondo freios, pouco a pouco, nos instintos perversos destes inocentes Galibis. Sabem perfeitamente, porém, que a salvação desta gentilidade depende é da vontade de Deus. Fazem sua parte, trabalhando a criançada. Suas almas – verdes, tenras ou ainda em dentes de leite, ou puras gengivas que mais lambem do que mordem –, bem doutrinadas nas virtudes cristãs, florescerão um dia para construir uma Nova Cristandade. Pela voz dos filhos também vão educando os pais. Amanhã, mortos os velhos, nascerá com a nova geração a Galibia Cristã, flor e fruto de sua pregação.

Sejamos sérios, leitor-a. Já é hora de darmos um balanço crítico nesta história. Na boa literatura ficcional, enredo é indispensável, mas não basta. Alguma ensaística filosófica é também necessária. Aí vamos.

Segundo penso e professo, selvagem para ser autêntico tem é que fazer selvageria, tal como cristão tem de viver na misericórdia e na caridade.

Quando se contaminam, a Civilização fica selvagem e a Selvageria cristã, o que só pode dar em desgraça de cristãos asselvajados e selvagens pios.

Estes Galibis são é selvagens, você há de concordar comigo em número e grau. Disto não tenho dúvidas. Selvagens são não só porque, como silvícolas, vivem na selva que é a morada dos selvagens, mas também por suas qualidades espirituais ou, mais precisamente, pela carência delas.

Sendo silvícolas selváticos, eles são gente tão natural e autóctone como os bichos nativos. Tal como somos alienígenas, eles são aborígines, quer dizer, gente brotada aqui nos trópicos por geração espontânea ou através de algum transplante oriental.

O espantoso deles é que consigam, no meio da exuberância desta natureza tropical incomparável, crescer tão raquíticos em Civilização. É notória a incapacidade desta gentilidade para o progresso. De nascença eles são toscos, inacabados. Parecem até incompletos, mal saídos da mão do Criador, ainda verdes: crus.

Eles são selvagens, principalmente, porque não têm nenhuma civilidade expressa, seja em obras duradouras de pedra e cal – ainda que sejam ruínas de outros povos – nem em riquezas prósperas e pobrezas paupérrimas e bem diferenciadas, como convém a qualquer nação civilizada que se preze.

A selvageria deles é patente, sobretudo por não terem Fé, nem Rei, nem Lei, como sucede com todo povo cidadão. Só não será assim se acharmos que esse pândego Calibã é um Rei; ou que os maus costumes deles são Leis, ou que este Cunhãmbebe não seja um bruxo, e sim um sacerdote. Mas neste caso não haveria selvagens e, não os havendo, também não haveria Civilização nem Cristandade, tudo seria uma imensa confusão.

Admito, entretanto, que sejam bons selvagens. Isso porque, a seu modo, não cometem Incestos, nem Poligamias, nem Bestialidade e não são Canibais, nem vivem nus. Cuidemo-nos, porém, contra os juízos apressados: a nosso modo de ver – e só ele importa, realmente –, tudo isto é questionável. Sem copiosas sabedorias etnológicas, quem diria que essa indiada não anda nua em pelo, com as bolas e xoxotas exibidas? Só estão vestidos pelo artifício indecoroso de um amarilho de algodão no distintivo deles e de um laçarote de palha na graça delas.

A verdadeira vestimenta destes selvagens talvez seja a de andarem pintados e emplumados, tal como nós andamos enfatiotados. Não, a verdade verdadeira de que eles estão vestidos é sua inocência de bichos. Quem diria de uma onça ou de um cachorro que eles estão nus? Mas um homem é um homem – leitora, leitor –, e um homem íntegro é homem precisamente porque desvestido está nu. Que dizer de uma mulher! Não há inocência que vista a impudicícia de uma dona civilizada. Despida ela está nua, nuela, cruamente desnuda, indecorosa.

A Antropofagia, que é a prova dos noves da selvageria, aqui só não se pratica como canibalismo porque é um culto. Comer carne humana, eles bem que comem, ainda que só seja a do pirão apimentado que fazem dos parentes mortos, pela caridade de deixá-los viver em seus corpos.

Incesto aqui é mato para quem ache incestuoso casamento de tio com a filha da irmã. Aqui só não se aprova é o casamento do tio com a filha do irmão. Morou? Eu não.

Bestialidades capituladas como perversões aqui não se registram. Nem eu consentiria em difundir uma infâmia destas contra os Pais da Pátria. Alguns machos Galibis são dados é a dar em sodomias, mas elas andam, agora, tão badaladas que nem pecados veniais serão mais.

Isso de Poligamia também tem suas ziquiziras. Índio nenhum tem harém árabe, nem serralho de odaliscas. Mas toda mulher aqui é comborça ou barregã de alguma outra e todo homem dá chifradas. Principalmente se sua mulher é boa. Marido que se afasta, mesmo pra caçar, sabe que a mulher cai no mato com o preferido. Se os meninos não vigiam, isto vira um motel.

Qualidade alta de civilizados que os Galibis detêm é a de já não serem Ágrafos, uma vez que os homens todos são Letrados. É de lembrar, contudo, que sua leitura não é de nossas letras, mas só da fala deles. Esta, não tendo nenhum acervo literário, de que vale ter escrita? Como bem diz Uxa, a alfabetização deste gentio foi uma grossa insensatez da romântica Tivi.

Só é de perguntar se será caridoso da parte destas monjas tirar os Galibis da Inocência para lhes dar a palavra de Deus. Pensando que dão de graça a Salvação, elas não estariam cobrando um preço terrível? Não estariam abrindo pra esses pobres índios as portas do Inferno?

Enquanto foram Pagãos, ignorantes do Verbo Revelado, sendo inscientes eles eram inocentes e, assim, incapazes de culpa e de pecado. Depois de catequizados, não. Ao receberem a Boa Nova e, com ela, o Saber e a Malícia, passam a ter méritos e culpas pelas virtudes e maldades que cometam. A Redenção para eles será a Perdição. No estado natural do paganismo eles não podiam ser nem Infiéis, nem Hereges, nem Apóstatas, porque Pagão não tem competência para tanto. Convertidos, estão fodidos.

Desbundes

Tuxaua

Para as monjas, este mundo índio, mais que outro qualquer, está nas garras do demo.

– Deus, aqui, só guardou pra Ele a figura humana que os índios têm habitualmente. Esta mesma – dizem elas – vez por outra se transfigura quando Cunhãmbebe entra em cena. Então, viram caititus, tamanduás, cobras e todo outro bicho animal. Tudo por artes do Caapi, também chamado Auasca, a Droga-Forte feita pelo pajé de cascas de não sei o quê.

Os índios pretendem ter aprendido a tomar a Droga-Forte com um homem-anta, amante da mulher-sucuri.

– Conversa fiada – diz Tivi. – Mistificação do capeta. A verdade que se esconde atrás dessa balela, visível pra quem quer saber, pra quem sabe ver, é que a tal Sucuri não era nenhuma cobra, era o próprio capeta que se transfigurou em mulher. Quem, senão o diabo – ou no caso uma diaba –, seria capaz destas manobras? – indaga Tivi e continua: – O índio que trouxe o segredo do Caapi pra cá enganou o Anta e ficou no lugar dele para fornicar com Sucuri. No primeiro encontro, não sabendo como agradar ao desconhecido que caiu em cima dela, a cobra se transformou em macaca, mas não deu certo: era muito estreita. Depois, se fez de iã, escorregava demais. Aí, ligeirinho, experimentou ser veada e preguiça: foi tudo ruim. Com raiva, ela virou onça, e o homem se apavorou, quase fugiu. Como nenhuma destas figuras agradou a ele, a dema se lembrou de entrar na forma de mulher sururucadora: foi aquela orgia!

– Assim aquele índio se perdeu, largou a família e foi levado pras profundas – conclui Tivi. E passou a traduzir a conversa pro tuxaua que tinha chegado e estava ali ao lado. Nesta conversa se atrapalhou toda. Ele, primeiro, concordou com a interpretação dela:

– É verdade, este Caapi tem toda pinta de ser coisa do diabo. Tudo o que ele faz é torto, mas é gostoso e poderoso. O Caapi bem pode ser do demo. Você também, Tivi. – Desde então, passou a chamar Tivi de Diaba de Deus.

– Você precisa é tomar Caapi, Diaba, pra entrar no barato e se atracar comigo. Vai ser uma beleza: você transformada em Anja, voando comigo pro céu, brincando, sururucando, parindo anjinhos. Vai ser uma beleza, Diaba.

Para Calibã e para os índios todos, o Caapi – seja ele divino ou demoníaco – é bom demais.

– Bom pra menino. Bom pra homem, principalmente. Só pra mulher não é muito bom. Elas ficam afogueadas demais. Os meninos aprendem a caçar é no barato do Caapi, quando a alma sai voando para conviver com os bichos, entrando no segredo deles. Nessas viagens fazem amigos, protetores e, vendo como cada bicho é, ganham coragem. Quando enfrentam um bicho à toa, desses que andam por aí e nem falam, não têm mais medo.

– A mata é medonha pros meninos e até em gente grande mete medo. Estas árvores imensas, quando exorbitam, agarram uma pessoa com os galhos e jogam pra cima; ela vira macaco.

– Sem Caapi, quem ensinava a gente a falar com os bichos? Quem aprendia a entender as árvores? Quem nos ajudava a não ter medo?

Uma das poucas alegrias das monjas é saber que Pitum não suporta o Caapi. Mas continuam recomendando a ele que não caia em tentação: – Não tome não, tenente. Você fica louco, cai em pânico, vira bicho. – Elas acham que esta droga índia é tão medonha de medonhenta que é mesmo demoníaca. – Não tanto o Caapi comum que alguns homens tomam todo dia, junto com a sugação de paricá, lá na casa deles. Este não é nada. Temível, terrível, é quando a tribo toda entra na Caapinagem. Isto vira um carnaval sacrílego e louco de que participam até meninos e mulheres.

– Todos ficam doidos, lúbricos, desesperados. Muitos até morrem e se entredevoram na alucinação e no gozo diabólico. – Contam a Orelhão, em detalhes, o começo de uma Caapinagem destas que viram antes de fugir espavoridas. Caíram fora, apavoradas, não tanto pela luxúria que era até instrutiva, mas pelo pavor, quando todos os índios e índias começaram a se transformar em bichos. Um virava jacaré e saía balançando a cabeça e o rabo. Outros se transformavam em onça, capivara ou veado e saíam por ali se estranhando, saltando, correndo. Uma mulher, confundida, virou mutum da cintura pra cima e sucuri da cintura pra baixo e lá ficou, a cobra se arrastando, a ave esvoaçando. Não duvide não, Orelhão. Cada bicho desses é um bicho mesmo verdadeiro, um ou dois, com seus pelos ou escamas, ou plumas, bocarras, bafos, urros, caudas e garras.

– Vocês viram mesmo estes bichos? Acho que vocês andaram tomando Caapi. – Elas não têm dúvida nenhuma: viram! E têm certeza que é coisa do demônio. Só ele pode tanto.

– Isso nós vimos com nossos olhos. Ouvimos com nossos ouvidos. – Ainda hoje elas se lembram da inhaca horrível de cada um daqueles animais, empesteando o ar da aldeia.

O grande interesse de Calibã na sua sonhada viagem ao Brasil das monjas é buscar remédio pra gagueira dele. Quer experimentar, um por um, todos os remédios. Tivi explica que não pode.

– Ninguém nunca fez isso, jamais, Calibã. – Ele ri.

– Bestagem sua, Diaba. Não vê que eu sou Calibã.

Para dissuadi-lo, Tivi conta, com todo detalhe, como é o sistema médico do Brasil dela. Cada doutor, escolhido no rodízio semestral pelo computador, fica lá sentado no banquinho dele, atrás da grade metálica, na frente da mesa branca. O doente vem, entra, senta na cadeira de ferro, ali bem na frente. O doutor nem pisca. Isto não é com ele. A cadeira, por si mesma, pesa, cheira, olha com o douto olho computacional e decide. Aí, se acende um dos doze vidros de remédio. Um só. O médico, então, se levanta e apanha a dose única para dar ao doente. Não há erro possível. Se meter a mão noutro vidro, leva um choque elétrico. O doente toma seu remédio ali mesmo, com um copo de água morna, turva, que sai automaticamente de uma torneirinha. Esta água, aliás, não é inocente. Tonteia e dá ânsias de vômito.

Com estes doze remédios, dados tão simplesmente, se curam todas as doenças que mereçam ser curadas. E não custa nada. Bom ouvinte, Calibã escuta e ri.

– Vou tomar um por um, todos. Todinhos. – Tivi quase se zanga:

– Como? Como é que você pensa que vai tomar os remédios todos, Calibã? O doutor não vai tirar que leva choque. Você não vai passar pro lado de lá da cerca metálica. Nem o diabo passa. E o choque elétrico? Você sabe lá o que é isso? É como a rabada de um poraquê gigante. Joga qualquer um daqui pra lua como um trapo.

– Bobagem sua, Diacha. A mim ninguém segura. Vou to... tomar. Vou to... tomar todos. To... to... to... dinhos.

Enquanto falam, Tivi faz o tuxaua provar, outra vez, a calça e a camisa da roupeta que está costurando pra ele: azulíssima.

– Você não pode chegar lá nuelo assim, tuxaua.

– E eu estou nuelo, Diacha?

– Demais. Pra nós, está nu em pelo. – Afasta-se para vê-lo e diz: – Vestido assim, você fica até bonito.

Calibã não se cansa de falar da sonhada viagem, e nem Tivi de gozar dele, regateira:

– Hi! Tuxaua, você vai aguentar?

– Oh! Como não? Viagem de mulher, homem faz brincando. Até pulando numa perna só pego você.

– Vixe! Força ocê tem, demais. Não tem é paciência pra andar meses a pé pelo mato, comendo pouco.

– Qual, Tivi! De noite pesco e caço pra nós. De dia andamos. Só deitamos pra sestear nas horas de sol quente.

– Oia! Você vai ter de montar numa anta de ferro e sair desembestado em cima dela, dias e dias pelos campos. Você guenta?

– Arre! Você lá monta em anta nenhuma, mulher? A velha Uxa, então, veio montada em quê? Só se foi nocê.

– Tuxaua de Deus. O pior é o voo. Dias dentro duma lata voadora, zoando, atravessando nuvens.

– Xi! Vou gostar demais! Vejo estas aves avoando por aí, rijas, sem bater asas. São é pequenas, mas se alguém monta nelas, eu também monto. Ora se monto.

A viagem não preocupa tanto a Calibã. Ele só se inquieta mesmo é com o tratamento que vai ter.

– Tivi, eles vão me deixar morar lá na Casa dos Homens? Vão me dar mulher?

– Não, tuxaua, não vão não! Lá nem tem Casa dos Homens. Só as mulheres é que têm casa lá. O povo está dividido em famílias de mulheres. Cada qual com sua casona onde vivem juntas, cuidando a criançada. Os maridos são como hóspedes. Caem em casa de vez em quando e, se chateiam muito, a gente enxota, manda embora. Você vai ficar é hospedado com minhas irmãs.

– Vou gostar demais. Vou sururucar muito com elas.

– Nada disso, seu tuxaua – intervém Uxa. – Lá ninguém dá mulher pra hóspede não. Esta pouca-vergonha é mau costume só de vocês daqui. – Tivi retoma a palavra:

– Qual, tuxaua, eu nem sei se volto lá. Quem sabe fico aqui. Você me quer?

– Demais, Diaba. Vamos lá de passeio e voltamos logo pra cá. – Mudando o tom da voz, implora: – Diaba, dá pra mim, senão saci planta flor no seu jardim.

Calibã está lá no clube dos homens, vestido na blusa que Tivi fez pra ele, sem calça, contando vantagem.

Conta que na viagem com Tivi andará a pé muito tempo, através da mata. Ele caçará e pescará.

Conta que montará, primeiro, numa anta de verdade; depois numa onçona de ferro, com rodas nos pés. Conta, por fim, que voará num pássaro de lata.

Certamente passarão sede e passarão fome, mas confia inteiramente em que ele e ela lá chegarão. Os índios, recostados na parede da Casa dos Homens, ouvem assombrados.

– Quero muito ver os formigueiros de gente nas tais casas amontoadas, umas em cima das outras.

– Quero, sobretudo, conhecer este povo todo de gentes vestidas de panos e de pés metidos em sapatos.

– Quero demais beber água no grande lago salgado.

– Quero, preciso, visitar o fazedor de fósforos e o de ferros.

– Quero e vou tomar todos os doze remédios: um a um. Todos.

– Quero, principalmente, sururucar com as mulheres de verdade, pintadas e enfeitadas, as que fodem e parem filhos.

Orelhão, sentado ali ao lado coçando a barbicha, balança a cabeça. Está certo de que Tivi, tentando explicar demais o sistema civilizado, confunde a cabeça dos selvagens. Foi o que comprovou ao ouvir o tuxaua reproduzindo pros índios o que aprendeu das monjas.

Contou, por exemplo, que lá no mundo delas tem uns homens que só se ocupam de tomar e guardar coisas: acumular, acumular, acumular. Cada um deles tem quantidades estúpidas de redes; quantidades espantosas de flechas – mais do que todas as nossas, diz Calibã; quantidades despropositadas de arcos que nem usam. Tudo isso guardado, escondido. Parece – explicou – que estes tais têm medo de que o pessoal desaprenda de fazer as coisas. Guardam, agora, para os netos terem quando ninguém mais souber fazer nadinha.

Outra redução impossível de Calibã é dizer que a maior parte das gentes do povo de Tivi só se ocupa é de cantar e de rezar, sem rir nem fornicar, pedindo pra morrer e ir pro Céu gozar de um barato sem fim.

Apelando para a ajuda de Orelhão, Calibã conta que lá no mundo delas estão esperando outro desastre de dilúvio e cataclismo como os do começo do mundo. Dilúvio total de fogo e de água que vai acabar com tudo e com todos. Elas acham até, mas ele duvida, que o tal dilúvio pode acabar com a aldeia Galibi. Voltando-se para o preto, Calibã pergunta:

– É mesmo assim? Vocês acham que Deus Pai – o Crucificador – enfarou do mundo e quer acabar com tudo?

Orelhão, sem mentir nem se comprometer, diz que na verdade das coisas tudo pode acontecer, mas o ruim geralmente não acontece. É até provável uma guerra terminal, de acabar com todos e com tudo. Não é impossível que ela chegue até na aldeia e mate as pessoas, os bichos e as árvores. Mas é muito, muitíssimo improvável. Exceto, se o Mister se desentender com o Camarada.

– Quem? Quem?

Respondendo à pergunta de Calibã – que quer saber como eles de tão longe podem acabar com a vida ali –, Orelhão entra em explanações. Fala como militar de carreira, extasiado com as apoteóticas potencialidades da Bomba do Fim do Mundo. Cada potência civilizada tem várias delas. Se uma só for solta – ele não diz onde, nem sobre quem, nem por quê –, apodrecerão os ares, as plantas se queimarão, os bichos e as pessoas do mundo inteiro finarão, apagando toda vida na Terra, e ali também, para todo o sempre. Aí o preto cai no choro, em pânico com o poder de suas palavras.

Calibã retoma a palavra, ri, consola Orelhão e tranquiliza os índios.

– Qual o quê! Esse Deus deles não é de nada. – Ignorante como é, Calibã se sente seguríssimo. Garante que lá nos Galibis sempre foi e vai ficar sempre muito bom de viver. Sempre. Promete até acolher e proteger os três, se vier o tal Apocalipse. Principalmente Tivi. Principalmente ela, insiste. Principalmente se Tivi transar com ele. Assim, poderá ficar lá, e lá viver, até morrer, velhinha.

– Principalmente se ela tiver um filho meu. Se ela quiser parir, como toda mulher prestável tem de querer.

Tivi está zangadíssima com Calibã. Danou-se quando soube, por Orelhão, da transa dele com Rixca, a menina de peitinhos brotantes, que é de quem ela mais gosta.

– Vocês me vetaram. Bem feito. Calibã papou.

Num ataque de raiva súbita, Tivi passa o maior pito no preto. Mas reconhece que o tuxaua é mesmo um descarado. Como ele vinha chegando, esbravejou:

– Descaração. Pouca-vergonha a sua, Calibã. – O tuxaua ri, caçoa e conta aos três como é que sururucou com Rixca.

Morou que a guria estava a fim porque ela olhava pra ele de olhar espichado. Via, também, que ela ficava na lagoa depois do banho da manhã, saltando n'água, nadando daqui pr'ali, demorando. De uma feita, ficou n'água ele também, esperando o povo espalhar para dar em cima. Quando se viu só, foi nadando pra junto de Rixca e propôs:

– Vamos brincar agora mesmo, cunhadinha? – Rixca não quis. Abriu olhos de susto e saiu nadando e balançando a cabeça como lagartixa pra dizer que não e não.

Calibã viu que ela não tinha medo, estava é vexada demais. Disfarçando, ele se estirou n'água, nadando, pra cá, pra lá, até chegar outra vez, devagar, bem juntinho. Aí, esticou o braço e tocou, de leve, com a mão, no peito elétrico de Rixca. Ela se encolheu toda; ele suplicou:

– Deixa, bem... Só quero apalpar. É bom demais. – A menina, assustada, nadou pra mais longe, ligeiro. Ele fez um rodeio largo e foi chegando de novo. Meio de longe, sempre nadando muito devagar, implorou:

– Cunhadinha minha, assim seu peitinho não incha, cunhadinha. Fica seco, seco. É preciso mão de homem, bem. Mão de homem é preciso, bem. – Rixca riu modesta e nadou mais pra diante, de costas, olhando alegrinha.

Lá no raso se levantou balançando a cabeleira pra secar, espadanando água e assuntando. Calibã só se perguntava se, chegando perto, a danadinha ia correndo s'embora ou se ficava. Chegou-se a ela de manso como quem não quer nada e pegou a contar história de engabelar mulher.

– Ocê não vê? Olha o pica-pau picando aquele pau: toc-toc-toc--toc. Balançando a cabeça o pica-pau pica o pau; pica até fazer um buraquinho fundo, bem certinho. – Rixca começou a escutar atenta, como rolinha desconfiada.

– Aí – diz Calibã – o pica-pau mete o bico lá dentro do buraquinho e começa a ralar pelos lados para alargar: xcorô, xcorô, xcorô.

Nisto eu já tinha chegado junto de Rixca, que escutava toda acesa. Sempre contando a história me encostei, pus as duas mãos nos ombros dela, carinhoso, contando sempre:

– Coitadinho do pica-pau. O pau é duro demais. Para amaciar, o pica-pau cospe dentro do buraco e torna a pôr o bico para alargar um pouco mais pelos lados: txetó – txetó – txetó!

Rixca gostou demais da minha história, me deixou ir me encostando nela.

Com Rixca meio inclinada pra frente, Calibã debruçado nela, tremendo, foi se ajeitando e entrando. Entrando devagar, mas entrando nela, no duro dela, depois mole, uma batata-doce.

Sururucamos gostoso demais. – Depois ficaram lá, rindo um pro outro com essa cara que sempre dá. É bom demais, Diacha, você vai ver.

O que Calibã não contou é que, quando estavam bem atrelados, a meninadinha toda da aldeia que estava mergulhada na beira d'água, esperando aquela hora, saltou fora vaiando, batendo palmas, gritando:

– Bem-te-vi. Bem-te-vi. Bem-te-vi.

Tivi, agachada ao lado de Calibã – rematando a roupa azul dele –, aperta as coxas uma na outra até doer. Os olhos rasos d'água. A cara muito fechada. Os ouvidos acesos, escutando o txecorô dele.

Próspero

Amigo, amiga, me desculpe, mas tenho outra vez de me intrometer em sua leitura. É verdade que, como sempre, em seu benefício. Agora, para proporcionar informações complementares, quiçá decisivas para o desenvolvimento desta fábula. Reconheço, porém, que este capítulo é meio chato e não me ofendo se você quiser saltá-lo.

Tive acesso a estes dados, por puro acaso, numa feliz viagem ao México. Trata-se de anotações resumidas de um espião da KGB, furtadas por um agente da CIA, que caíram nas mãos de um comandante cubano, o qual, patrioticamente, as emprestou ao meu amigo Pancho Guerra que mas deu.

Elas retratam o que seriam as Estruturas do Poder e do Gozo dos países da calota de baixo do planeta. Muito provavelmente aplicáveis também ao Brasil, tantas são as referências implícitas ao nosso país que nelas se encontram e que eu desdobrei livremente em prol da clareza.

Como você verá, elas descrevem um sistema binário, tão engenhoso como eficaz, de governo e motivação das pessoas e de administração e incremento das coisas. Sua singularidade reside em que foi estruturado com o objetivo expresso de proporcionar a povos demasiadamente abundantes, mas descarnadamente ineptos para o progresso, um máximo de felicidade pessoal compatível com um ótimo de prosperidade empresarial.

Deste modo, se terá alcançado a Utopia Burguesa Multinacional, sonhada desde há séculos, mas até agora inviável por falta de substrato científico e tecnológico. Nela, Fé e Império se encarnam e se casam para serem gumes do mesmo gládio: o Imperador Impoluto e Próspero Informático.

O documento russo começa com um texto francês que vem a ser o preâmbulo da introdução à Constituição Utópica. Lá se lê:

- A multidão de homens, afinal iguais e semelhantes, gira sem termo com o único fim de satisfazer os singelos e vulgares prazeres com que enchem suas vidas.
- Cada qual vive à parte, alheio ao destino dos demais. Está junto deles, sem vê-los. Toca-os, sem os sentir. Só existe em si e para si mesmo.
- Acima de todos eleva-se um poder preciso e tutelar que se encarrega, sozinho, de garantir seus prazeres e de velar por sua sorte.
- Este poder é Próspero: absoluto, minucioso, regular, previdente e tranquilo. Até pareceria paternalista, se tivesse como objetivo preparar homens para a idade viril; mas não, ao contrário, busca apenas fixá-los irrevogavelmente na inocência.
- Não desgosta a Próspero que os cidadãos gozem, sempre e quando só pensam em gozar. Trabalha com gosto para fazê-los felizes, mas quer ser o único agente, o único árbitro.
- Supre sua segurança. Provê suas necessidades. Facilita seus gozos. Gestiona seus assuntos importantes. Dirige suas indústrias. Regula suas sucessões. Divide suas heranças.
- Ah, se pudesse livrar inteiramente os homens do incômodo de pensar e da dor de viver...

Para concretizar o ideal utópico, o poder supremo é simbolizado na pessoa sagrada do Imperador Impoluto, fiador da alegria dos cidadãos, e encarnado no poderio de Próspero, responsável pela prosperidade empresarial.

O Imperador Impoluto está presente e atuante na vida diária de cada pessoa, porque comparece diariamente e é visto por todos, às doze horas em ponto, em todas as televisões da Utopia. Se exibe sempre nu e sorridente e cada dia com um novo colorido esplendoroso, pintado pelos Cardeais da Cor.

Durante a apresentação imperial, intervém também a Corte das Putanas do Bicho, todas belíssimas, dançando e cantando para pespegar na barriga do Imperador Impoluto a imagem do bicho que ganhou naquele dia.

Participam igualmente do espetáculo diário os Condes do Cabaço para assegurar, com seus seguros sorrisos másculos, a cada um e a todos os utopianos que está vigente o seu direito ao orgasmo.

As qualificações muito especiais do Imperador Impoluto ensejam que na vida diária cada cidadão que tenha ou se aproxime de uma de suas características seja só por isso louvado. Tais qualificações são as de ser madurão, gordo e apetecível, de grandes olhos gazos, lavados, e surdo-mudo por nascimento ou opção.

As cinco cortes nobres, além de suas funções televisivas junto ao Imperador Impoluto, têm prescritas importantes obrigações.

Os Cardeais da Cor, que são todos andróginos ou simulam ser, regem o negócio de cosméticos, maquilagens, massagens e aplicações de produtos de beleza na Utopia.

As Putanas do Bicho, selecionadas entre as meninas mais belas, para se devotarem aos desfrutes do amor gozoso, têm cada qual a sua grande casa apalacetada, onde recebem e atendem, diariamente, pelo menos um recomendado de Próspero. Seu serviço público, porém, é o de reger o negócio do jogo de bicho em que cada utopiano faz, todo dia, sua fezinha. Os bichos inscritos no jogo imperial e seus respectivos números são:

AVESTRUZ	1	CAVALO	11	TOURO	21
ÁGUIA	2	ELEFANTE	12	TIGRE	22
BURRO	3	GALO	13	URSO	23
BORBOLETA	4	GATO	14	VEADO	24
CACHORRO	5	JACARÉ	15	VACA	25
CABRA	6	LEÃO	16	VIRAGO	26
CARNEIRO	7	MACACO	17	XEREU	27
CAMELO	8	PORCO	18	ZEBRA	28
COBRA	9	PAVÃO	19		
COELHO	10	PERU	20		

Estes são também os nomes dos dias do mês, desde que se aboliu a semana romana de tantas falsas feiras.

Joga-se no bicho diário, que paga 20 prêmios; na série semanal, que paga vinte mil. E na lunar, que dá a quem acertar os vinte e oito bichos do mês o controle vitalício da Casa da Moeda.

Os Condes do Cabaço – machões de bastas bigodeiras – velam pela efetividade do direito dos utopianos ao orgasmo. Seu encargo público é o de enlaçar e desenlaçar os casais, mediante a emissão de declarações legais de cabacidade. Uma mulher declarada cabaçuda está livre de compromisso para recomeçar do zero sua vida amorosa, com quem quiser, seja de que sexo for, com a bênção plenária do Imperador Impoluto.

A Casta dos Oriundos é integrada pelos filhos dos imigrantes norte-americanos, alemães e japoneses. São uns privilegiados que crescem selvagens para servir de contraste com a brasileirada de sua geração. Sua ocupação preferida é caçar Canhotos. Quer dizer, os caras que amputam o braço esquerdo, fugindo de Próspero. Para isto, os Oriundos organizam batidas nos bosques e matas de todo o Império, com uso sofisticadíssimo de sensores eletrônicos, de visgos bioquímicos e de matilhas de cães biônicos. A caçada é divertidíssima.

Pertencem também, de direito, à nobreza imperial, os Colégios dos Magistrados que, através de seus Julgadores Tatuadores e Argoladores, ministram a Justiça Justa e impõem penas e prêmios, assegurando a tranquilidade pública.

A regência material do poder – operação técnica altissimamente complicada numa civilização avançadíssima como a Utopia –, requerendo total impessoalidade, está nas sábias mãos computacionais de Próspero. Ele é que, com atenção paternal detalhadíssima, programa a Participação Popular na economia e na informação e a Mobilização Popular para a motivação das massas através de sua incorporação e militância nos desportes, nos folguedos, no carnaval, nos cultos e nas tertúlias artísticas e culturais.

Para que tantos milhões de utopianos tenham garantida sua quota de Participação, de Mobilização e de Educação, cada pessoa, a partir de dez anos de idade, tem implantado no pulso esquerdo um Televisor Ecumênico (TVE) e um Canal Fidibeque (CF).

O Televisor Ecumênico dá acesso imediato a qualquer programa, filme, livro, curso ou informe que o utopiano deseje ou que lhe seja receitado. O Canal Fidibeque possibilita comunicação audiovisual direta com Próspero, seja para receber, seja para transmitir informações, opiniões, votos, opções, aulas, instruções e ordens. Serve, também, para solitários jogos orgásmicos.

UTOPIA MULTINACIONAL
Estruturas do Poder e do Gozo

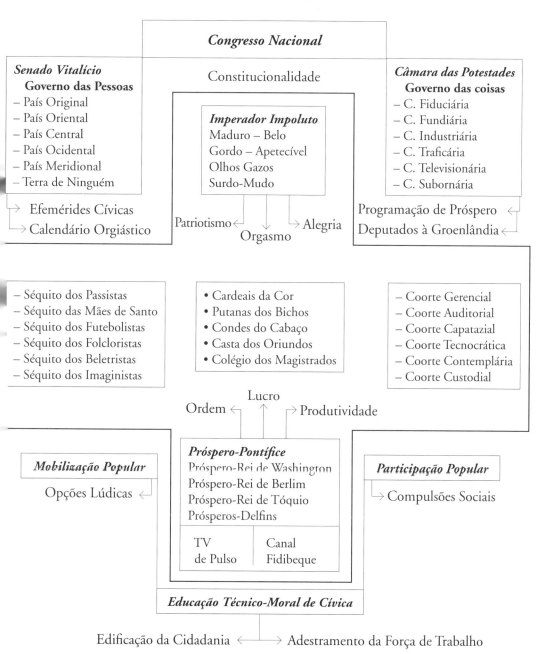

Como um perfeito sistema leva e traz, o CF serve, ainda, para chamar a atenção do utopiano para algum tópico que interesse especialmente a Próspero, o que ele faz com apelo a recursos sônicos e eletrônicos. Os primeiros são vibradores que tanto propiciam música inebriante ou de ritmo selvagem como funcionam de buzina ensurdecedora, acionada para pedir a atenção do utopiano. Os segundos, só utilizados eventualmente quando se torna indispensável uma ação convincente, consistem de descargas elétricas de intensidade regulável. Estas vão desde cosquinhas agradabilíssimas até as cargas de poraquê das cadeiras-do-dragão. Através deste instrumental é que, na Utopia, se garante a conscrição espontânea e alegre de toda a cidadania, tanto para o convívio ameno com seus semelhantes, como para o bom cumprimento dos deveres na esfera do trabalho, da produção e da educação.

- É Próspero na Terra o que Deus é nas Alturas. Tudo sabe, tudo prevê e provê. Através desse sistema de informação e condicionamento personalizado, Ele promove a Participação Popular mediante o rodízio semestral das pessoas para as múltiplas profissões, garantindo, ao mesmo tempo, a equidade social e a produtividade empresarial.
- É também Próspero quem estabelece para cada pessoa, ouvindo-a atentamente, o programa mensal e anual de Mobilização Popular para o ativismo nas cinco modalidades de motivação: a orgiástica do samba, a mística do culto, a desportiva do futebol, a tradicionalista do folclore e a intelectual dos prélios literários, de criatividade artística e científica.
- É Próspero, sobretudo, quem – substituindo as antigas escolas – instrui a população tanto no plano técnico como no moral e cívico, através de programas personalizados, de educação continuada. Estes vão do berço – pelos métodos pavlovianos – até a adolescência – pelos métodos piagéticos – até a maturidade – pelos métodos prospéticos. E prossegue instruindo e ilustrando pela vida afora até as idades provectas que sejam permitidas. Tudo isto se faz através do CE – primeiro através dos pais, depois diretamente, pelo TVE pessoal – e de sua incomparável pedagogia de prêmios sonoros e castigos eletrônicos.

Imagine você, como fiquei edificado ao ver desdobrar-se no informe este painel do sistema utópico multinacional. Uma civilização nova, grandiosa, se implantou no Brasil e floresce em todo o Terceiro Mundo através da coordenação de duas esferas de poder mutuamente ajustadas.

- A do Imperador Impoluto com suas Cortes da Beleza, da Sorte, da Alegria Orgásmica e da Caça.
- E a de Próspero, com suas redes computacionais compulsórias de Participação Popular e de Mobilização Popular e de Educação Técnico-Moral e Cívica que conscrevem e mantêm atenta e acesa e informada toda a cidadania.

Acima dessas esferas executivas paira o Congresso Nacional, que legisla em duas casas. Nelas se regula, respectivamente, o governo das pessoas, que é tarefa do Senado Vitalício – integrado por 24 Senadores brancos ou amarelos, puros de origem, eleitos entre brasileiros natos e naturalizados –, e a administração das coisas, através das Câmaras da Potestade – integradas também por 24 Deputados brancos e amarelos, nativos e oriundos.

O Congresso Nacional reúne-se na primeira semana de cada ano para ouvir o informe do Imperador Impoluto, redigido por Próspero, sobre o estado da Utopia e sobre a felicidade dos utopianos. Depois, as duas casas se dividem, para que cada qual cumpra suas funções específicas.

O Senado Vitalício tem como função fixar o Calendário Cívico das Efemérides e reger o Mês Orgiástico de cada País. É composto de provectos legisladores eleitos pelo voto popular, através de uma amostra aleatória, por consulta computacional, que se fez à base de uma lista elaborada por Próspero, referente à vetustidade provável de cada utopiano para o exercício severo das funções senatoriais.

Cada quatro senadores formam uma Horda que representa o seu país, a saber:

- O País Original, que compreende as terras assentadas entre o São Francisco e o Atlântico e tem por capital a cidade de Diamantina.

- O País Oriental, que fica entre o São Francisco, o Tocantins e o Mar Oceano, cuja capital é Floriano.
- O País Central, que vai do Tocantins ao Amazonas e desce daí pelo Madeira, tendo por capital Goiás Velha.
- O País Ocidental, que vai do Madeira até os fundos do Brasil e tem por capital Tarauacá.
- O País Meridional, que desce do Paranapanema para o Sul e tem por capital a cidade de São Borja.
- A Terra de Ninguém da Guerra Guiana – ao norte do Amazonas – é representada, mas não frequentada, por imperativos marciais.

Os senadores se reúnem – creio eu – em Brasília, a capital federal utópica, por uma semana de três em três meses. Passam a maior parte do tempo é percorrendo, em Horda, seus respectivos países, acompanhados de seus fâmulos e séquitos.

Assim verificam o bom cumprimento dos calendários – o Cívico e o Orgiástico. O primeiro se desdobra em treze dias de comemoração patriótica que caem sempre no Dia da Zebra, que é o último de cada mês lunar. Nestes feriados, se dedica a manhã a desfiles cívico-patrióticos; a tarde, a uma emocionante partida de futebol jogada ao vivo; e a noite, ao culto a Iemanjá.

São dias de alegria cívica em que se comemoram, no primeiro semestre, as seis Efemérides das Matrizes Nacionais que recordam e exaltam os feitos

- dos índios: Cunhãmbebe e Juruna;
- dos Negros: Zumbi e Pelé;
- dos Lusitanos: Alonso Ribeiro e a Princesa Isabel.

No segundo semestre se honram as seis Efemérides dos Oriundos, que evocam os empreendimentos que promoveram a modernização da Pátria Brasileira, a saber:

- os Estadunidenses: Buchanam e Walters;
- os Alemães: Hans Staden e Geisel;
- os Japoneses: Hiroito e Ueki.

O décimo terceiro Dia da Zebra que encerra o ano lunático é dedicado ao culto do Imperador Impoluto e aos ritos de devoção a Próspero.

Os senadores são servidos, individualmente, por fâmulos que os maquilam, assessoram, secretariam e substituem quando ficam muito caducos. E são assessorados, coletivamente, pelos fidalgos dos cinco Séquitos.

- O Séquito dos Passistas, que rege as Escolas de Samba do carnaval, em que todo povo sassarica durante o Mês Orgiástico de seu País.
- O Séquito das Mães de Santo, consagrado ao Culto a Iemanjá, que garante a tranquilidade espiritual de cada utopiano, no meio de uma vida azarosa.
- O Séquito dos Futebolistas, que capitaneia o futebol, desporte nacional jogado ao vivo nos feriados e eletronicamente contra Próspero através do CF individual.
- O Séquito dos Folcloristas, que cultua as tradições nos grupos de gauchescos, nos bandos devotados aos folguedos populares como o Catopé e o Boi-Bumbá e nas tribos de índios travestidos.
- O Séquito dos Beletristas, que atua nas tertúlias lítero-musicais, nos Clubes de Poesia e na Academia Brasileira de Letras, afinal democratizada.
- O Séquito dos Imaginistas, que promove a criatividade artística e o desenvolvimento científico da Utopia.

No seu trânsito através do respectivo País, a Horda Senatorial, com seus Bandos de Fâmulos e seus Séquitos, ativam a vida cidadã em festas prodigiosas. Para tanto, na Utopia se substituiu a arcaica semana das feiras romanas pelo mês dos bichos, acabando com o exagerado e incumprido descanso semanal – substituído pelo feriado mensal do Dia da Zebra e por um mês inteiro de Festas Orgiásticas –, que são férias coletivas de que todo o povo de cada país participa alegremente.

Cada vez que a Horda Senatorial chega a uma região – e para isso ela chega no dia preciso, marcado cronometricamente por Próspero –, ali se instala o Mês Orgiástico, que se segue sempre a doze meses de trabalho. Nesse Mês da Alegria, cada cidadão de todo sexo e toda idade encarna seu papel tanto nos folguedos folclóricos de Bumba Meu Boi nas Tribos Travestidas e similares, como nas Escolas de Samba de um carnaval de vinte e oito dias, e ainda nos Ritos de Iemanjá, e nas Peladas de Futebol. É optativa a participação dos cidadãos tanto nas tertúlias literárias e musicais como nos ateliês artísticos e nos laboratórios científicos.

Este franco acesso programado à alegria que alcança e agita cada cidadão, fazendo-o bailar, cantar, jogar, sorrir e até pensar por um mês inteiro, é, provavelmente, a grande conquista da civilização utópica.

A segunda Casa do Congresso é constituída pelas Câmaras da Potestade que se incorporam, junto com o Senado, na semana de função do Congresso Nacional, no começo de cada ano, para ouvir o informe de Próspero. Vinte e quatro são também os Deputados, quatro para cada uma das seis Câmaras em que vota segundo o montante do capital das empresas cujos Acionistas os designaram para o exercício da função deputarial.

- A Câmara Fiduciária, dos banqueiros e seguradores que alugam dinheiro público e alheio.
- A Câmara Fundiária, dos proprietários territoriais, produtores de gêneros de exportação e de alimentos naturais.
- A Câmara Industriária, das empresas fabris, produtoras de bens civilizatórios.
- A Câmara Traficária, dos negocistas do comércio, dos hotéis e motéis e dos serviços pessoais de toda ordem.
- A Câmara Televisionária, das empresas de comunicação de massa que proporcionam informação e entretenimento.
- A Câmara Subornária, dos empreiteiros de obras públicas e dos fornecedores do governo.

As Câmaras da Potestade, servidas por corpos de Serviçais e por Coortes, cumprem a dupla função de

- programar Próspero, na singularidade de sua encarnação nacional;
- eleger os seis Deputados Gerais à Matriz Satelital da Groenlândia, um para cada Câmara.

São Coortes das Câmaras da Potestade os seguintes corpos de Comendadores:

- A Coorte Gerencial das Multinacionais, que cumpre os deveres do setor predominante da classe dominante nativa.
- A Coorte Auditorial, que zela as empresas contra furtos de gerentes e gentes.
- A Coorte Capataziária, que disciplina o trabalho e afiança a produtividade e a lucratividade das empresas.
- A Coorte Tecnocrática, que escolhe, dentre as necessidades avassaladoras que devem ser atendidas com recursos escassos, aquelas que melhor se compatibilizam com a lucratividade empresarial.
- A Coorte Contemplária, dos beneficiários de doações de terras públicas e de mordomias nas empresas estatais.
- A Coorte Custodial, das variadas polícias oficiais e privadas que espiam e vigiam o povo como olheiros de Próspero, para preservar a Ordem, garantir o Progresso e salvaguardar a Propriedade.

Os seis Deputados Gerais eleitos pela Câmara Nacional para representá-la na Matriz Satelital, sediada na Groenlândia, para lá são mandados para cumprir mandatos decenais. Reunidos com os representantes das outras nações, sempre por voto proporcional ao respectivo capital, eles programam o sistema Próspero em seus três níveis operacionais:

- O de Próspero-Pontifical, encarnado pelo computador central instalado; como o poderio supremo, numa galáxia de satélites coordenados desde a Groenlândia. Sua função essencial é coerentizar, homogeneizar e otimizar os interesses das empresas transnacionais do mundo inteiro.
- O dos Prósperos-Reis, ancorados nos três núcleos computacionais sediados nas submatrizes continentais de Berlim, de Washington e de Tóquio, responsáveis pela vigilância de seus respectivos interesses atuais e futuros na captação de insumos e na promoção da produtividade mundial.

• O dos Prósperos-Delfins, encarnados pelos sistemas computacionais das fatorias nacionais subordinadas de toda calota Sul do Planeta onde floresce a economia de mercado.

Através destas três encarnações de Próspero, cada uma delas servida por prodigiosos conjuntos de supercomputadores biônicos dotados de múltiplas funções e de capacidades ecumênicas, é que, em cada País Utópico,

• se conscreve e articula toda população, pessoa por pessoa, integrando-a tanto nos programas de Participação Popular como nos de Mobilização Popular de Educação Técnico-Moral e Cívica;
• se compõem as castas nobres liberadas do rodízio para o bom cumprimento de seus papéis como Acionistas das Multinacionais, Senadores Vitalícios, Deputados às Câmaras e seus fâmulos e serviçais; como Nobres integrantes das cinco Cortes Imperiais; como Fidalgos dos cinco Séquitos Senatoriais; e como Comendadores das cinco Coortes das Câmaras da Potestade.

A Utopia Burguesa Multinacional é, como se vê, o coroamento da evolução humana. Saltando do fogo ao arco e flecha ou à sarabatana, dela à cerâmica e à metalurgia e daí às matemáticas e à cibernética, os homens foram dar, afinal, neste Sistema dotado de capacidade total de destruição e de edificações do mundo, de desfazimento e refazimento radical da humanidade.

Tendo decidido, por ora, não destruí-lo, o Sistema se ocupa da supertarefa que, afinal, se tornou possível e é a preocupação básica da Central Utópica da Groenlândia. Refiro-me ao excelso projeto de programação do *Homo Cyberneticus* que recolonizará os mundos.

Tal como um dia os homens puseram ordem na natureza para que as plantas nascessem onde deviam e não ao acaso, para que se multiplicassem as vacas, os carneiros e galinhas e não a variada bicharia selvagem de antas, tigres e emas... assim também, agora, se trata de desfazer e refazer com a mesma radicalidade a natureza humana acabando com o esgotado Homo Sapiens Paleontológico para dar lugar ao Homem Novo Programático. Devidamente refeitos, os nossos netos serão criaturas do homem verdadeiramente aptos para serem felizes e eficazes. Todos nascerão instruídos e adestrados nos variados ofícios que gostarão imensamente de exercer. O ex-gorila feito Golias gestará o Golen informático.

Este programa sobre-humano que já concentra os recursos físicos e energéticos, bem como os talentos mais brilhantes da humanidade, permitirá:

- superar os complexos de Édipo e de Eletra, implantando novos e melhores sistemas de sociabilidade;
- revogar o Incesto e instituir, junto com novos traumas e tabus, renovadas liberalidades de âmbito discreto;
- devassar e desinfetar o Inconsciente, instalando vias expressas de comunicação dele com o Canal Fidibeque;
- substituir as múltiplas falas semânticas pela língua comum analógica e pluriótica;
- construir uma Antropologia Dialógica Prospectiva como a ciência e a prática da revolução cultural permanente.

Cada um desses passos será alcançado pela integração progressiva da fragilidade humana com a potência inteira dos servo-sistemas computacionais. Por esta via se há de refazer a Personalidade e a Cultura, a fim de reformar ousadamente a criatura humana, potenciando-a. Com efeito, desmontado e remontado o Homem Arcaico, mero resíduo da história passada – que foi capaz, não obstante, de tantas façanhas –, se recarregarão suas baterias emocionais desgastadas para capacitá-lo a atuar, de novo, como o Agente ativo da história.

Este programa de superação humana será o coroamento da Criação. Aquilo que o sábio teuto tanto esperou do Espírito Absoluto e seu discípulo infiel confiou, em vão, à Luta de Classes, se alcançará na Utopia terminal através do matrimônio da Engenharia Genética com a Cibernética Frenética. Deste casamento é que surgirá, afinal, o *Homo Ciberneticus*, psicologicamente urdido com nervos de aço e músculos de dragão para ser tão íntegro no fruimento do gozo e no sofrimento da dor como o eram os índios Galibis e os antigos camponeses de Braga e ainda o é o criouléu carioca.

Já na sua forma presente, lidando ainda com homens residuais, a Utopia Multinacional dá à humanidade, cotidianamente, o que ela nunca soube ter:

- a diária visão esplendorosa e tranquilizadora do Chefe de Estado nuzinho da silva e primorosamente pintado com as cores do arco-íris;
- a emoção diária da fezinha no jogo dentro de um mundo estável e confiável em que a única coisa deixada ao acaso é a possibilidade de ganhar no bicho;
- a diária esperança, sempre renovada, de alcançar as alegrias do Orgasmo, através de uma nova mutualidade matrimonial entre homens químico-eróticos e mulheres eternamente virginais.

Isto sem falar no entretenimento televisivo individual e ecumênico e nas possibilidades inesgotáveis do Canal Fidibeque que comunica cada pessoa, pessoalmente, com seu pai Próspero.

Não são também de desprezar as imensas alegrias coletivas da vivência orgiástica das festas do Mês Lunar, bem como as alegrias cívicas dos treze feriados de comemoração das Efemérides das Matrizes e dos Oriundos. Não faltam nem mesmo as emoções profundas da religiosidade pelo culto Iemanjá; e as emoções elétricas e superficiais, mas helenicamente belas, dos prélios esportivos.

Todas essas conquistas nas artes do bem viver se tornaram possíveis e acessíveis mercê do progresso da ciência e da técnica promovido pelas Corporações Multinacionais. Elas é que, tornando viável Próspero-Pontífice e seus vassalos, com sua gama infinita de funções cibernéticas, cristalizaram e rotinizaram o Milagre, fazendo dele uma Civilização.

Nesta altura, cumpro o dever de advertir e alertar o leitor que me acompanhou até aqui, através de tantos tópicos, para alguns senões. Não falo de defeitos do Sistema Utópico Multinacional, que é perfeito em si, mas da documentação obtida através do cubano fidelista, amigo de Pancho.

Que essa documentação refere-se ao Brasil cabem poucas dúvidas, embora eu deva admitir que exemplifiquei com regiões e com coisas brasileiras, cada vez que me foi dada a oportunidade, para tornar esta fábula verossímil.

Refiro-me é a algumas informações que vêm no documento original, as quais induzem a dúvidas. Principalmente, a de perguntar de que Brasil se trata. Parece tratar-se, como se viu, do Brasil do ex-tenente Carvalhall, pela referência clara quc faz a uma Guerra Guiana. Mas, por igual, outros indícios dizem que pode ser também o Brasil das monjas, pela invocação reiterada do Rodízio Semestral, da Justiça Justa et caterva, a que elas também se referem. Onde estamos nesta confusão cubana? A hipótese que ofereço a você como plausível é que se trata de um enésimo Brasil que devemos juntar aos já catalogados.

Entretanto, não afasto completamente a possibilidade de se tratar de um logro. Quem pode confiar no que nos vem de mãos soviéticas, com seu vezo anticapitalista? Mais ainda, como não desconfiar do que nos chega deles através de mãos fidelistas, sabidamente esquerdistas? Não estarão esses comunistas querendo subverter minha consciência e invadir a sua consciência, minha graciosa leitora? Quem nos garante contra tais intrujices? Cuidado!

Poronominare

A vida da aldeia gira ao redor de Calibã. Para os índios todos, ele é o amigão. Para Orelhão, o tuxaua é um pândego.

– Ao invés de investir-se na dignidade da chefia para assumir o comando e pôr ordem na aldeia, se desmoraliza em gaiatices: é um palhaço!

Para Tivi, ele é um alento e um desafio: ganhá-lo para a santa fé é sua tarefa. Através dele ela está certa de que ganhará os índios todos para o Reino de Deus.

Para Uxa, Calibã, se não é o próprio demônio, é agente graduado dele. Atentando a ela. Tentando a pobre da Tivi.

– Qual o quê! Agente do demônio aqui é só este Cunhãmbebe.

– Isso acaba em desgraça, Tivi! Com este seu nhenhenhém de papa-hóstia você dá trela demais pra Calibã, Tivi! – ralha Uxa, ranzinza.

O assunto principal de todos é Calibã. Os Galibis estão sempre atentos ao que ele faz, ao que ele diz. Os três cristãos discutem sem parar se Calibã acredita ou não no que conta. Umas vezes ele parece um inocente; noutras, um gozador.

– Qual! – diz Orelhão. – Esse tuxaua é papo-furado. Nos conta as bestagens dele sabendo perfeitamente que são bobagens. São histórias de engabelar índio. Eu é que não vou na conversa dele.

As duas duvidam. É certo que ele diz besteira demais. Mas é certo também que acredita piamente no que diz. Explicam ao preto que, para os índios Galibis, o sonho é a alma da gente que sai do corpo andando, esvoaçante, por aí, fazendo estripulias. Assim sendo, o que acontece no sonho acontece mesmo, ainda que seja no mundo dos sonhos. Tanto que eles pedem indenização se alguém os prejudica nos sonhos. E dão, espontaneamente, a recompensa devida se eles próprios, nos sonhos, andaram passando um companheiro pra trás.

Outro dia Calibã sonhou que a filha dele – que ele não tem –, querendo parir seu neto, cagou um abacaxi para agradar a Orelhão. As monjas precisaram dar ao preto, para que ele desse ao tuxaua, como indenização, a melhor tesoura de costura que tinham.

– Saiba você, Orelhão, que o sonho é a principal fonte de sabedoria dos Galibis. Todos aqui tomam Caapi para ter sonhos que são treinamentos e ensinamentos. Assim, os meninos aprendem a caçar e andar no mato. Assim, os homens sabem do que está acontecendo ou dos riscos do que pode suceder.

Exagerada como é, Tivi afirma que o sonho é a escola da vida. Sem sonhar, estes índios nem saberiam viver. Sonhando, aprendem tudo. O sonho dá aos Galibis o que a TV Globo dá a nós, brasileiros: engabela, seduz e consola. É até melhor porque não quer vender seguros nem sabão português. E tem a vantagem de que todo programa é ao vivo e nele o próprio índio se vê a si mesmo obrando maravilhas. Sem as ilusões da TV, brasileiro morria de tristeza com a vida que tem. Índio também, sem sonhar, destrambelhava.

– Você acaba tomando Caapi, mulher. Cuide-se contra tanto entusiasmo – pede Uxa.

Os sonhos melhores de Calibã que toda aldeia acompanha, encantada, são com sua filha Mina que ainda vai nascer e com seu neto Poró, que ele não tem. O tal neto, antes de nascer, já sai da barriga da mãe, cresce ligeiro e, encantado, anda por aí, homem-feito, vendo e virando mundos e fundos. Depois volta pra dentro. Uma vez até trouxe com ele um gambá nojento pra ser seu companheiro. A mãe não queria deixar entrar, ele implorava:

– Seu oco é muito escuro, mãe. Sozinho, tenho medo.

– Deixo não, Poró. No meu ventre só filho meu.

– Deixa, mãe, seu coração bate que nem tambor. Suas tripas roncam demais. Sozinho não aguento.

Na maioria dos sonhos a filha de Calibã aparece contando sonhos que ele repete na Casa dos Homens de manhã e, de tarde, no pátio para as mulheres todas ouvirem e sorrirem. Conta que a tal filha contou a ele:

... Pai, sonhei, esta noite, que meu filho que está em mim, eu o pari em cima de uma serra grande.

... Seu corpo é transparente, pai. Seu cabelo muito preto. Nasceu falando.

... Quando pari, os bichos vieram todos pra alegrar meu filho Poró.

... Caía a noite, pai, minhas mamas estavam secas e Poronominare chorava de fome. Então, um bando de beija-flores e outro de borboletas trouxeram mel de flores e deram a ele. Você acredita? Foi lindo, pai.

... Ele calou-se e seu rosto ficou alegre.

... Os bichos todos lamberam Poró com alegria.

... Como eu estava cansada demais, deitei meu filho ali ao lado e adormeci.

... Quando acordei, no outro dia, Poró estava longe de mim à distância de uma flechada.

... Eu queria ir pra junto dele, mas os animais não me deixavam passar.

... Fiquei muito aflita, pai, e gritei por Poró. Então, vi um bando de borboletas suspendê-lo no alto e vir para mim, trazendo meu filho.

... Quando chegou perto eu peguei Poró nos braços e sobre mim pousaram as borboletas, de mil cores.

... Os animais me rodearam e se puseram em pé, recostados em mim.

... Eu senti muito ciúme do meu filho e o levantei acima da minha cabeça.

... O peso dos animais me fez cair, mas meu filho Poró ficou suspenso nas asas das borboletas.

Contando o sonho da filha, Calibã perguntou se ninguém tinha ouvido a zoeira dos animais, em algazarra, a madrugada toda. Ninguém ouviu nada.

– Só escutamos vento ventando   disse alguém.

Ele explicou, então, que o alvoroço dos bichos, que de fato houve, foi para anunciar que a filha dele que vai nascer já está prenha. A filha que há de parir o neto dele: Poró.

– Como? Se ele nem filha tem? – perguntou Orelhão, que só acredita no que vê.

– São mistérios – acha Tivi. – Nada é impossível. Esta vida é feita de sonhos. Viver é sonhar. – A aldeia toda comenta as visões de Calibã. Qualquer dia se cumprem.

... Vai nascer Poró, o Menino-Homem.

... Aí vem Poró, Dono do Mundo.

... Vai nascer Poró, Dono do Céu.

... Vai nascer Poró, Senhor dos Bichos.

... Vai nascer Poró, o filho de Calibã. Não do corpo da filha dele, que há de vir, mas da alma dela, grávida de Deus.

Ela vai parir no alto da serra, tal como sonhou. Quando Poró nascer, os bichos e os pássaros todos falarão outra vez. Cada palavra que um deles disser vai virar instantaneamente uma coisa. Outra vez sucederão os milagres. Será como daquela vez quando ganhamos o milho, o tabaco e a mandioca; o cauim, o paricá e o Caapi; o tipiti, a sarabatana e o alguidar. Que é que virá, agora, pela mão de Poró, enriquecer o mundo, fazer a vida mais gostosa de viver?

Orelhão caiu na vida: desbundou. Quando encontra as monjas saúda assim:

– Sururucatu – e repete em vernáculo: foda gostosa.

Depois que aprendeu a língua, fez amizades, principalmente uma, descarada, com Axi. Íntima. Os dois não se largam. O dia todo pintados e adornados, zanzam pela aldeia inteira. Na casa das máscaras, no gaiolão do gavião, nos roçados, no igarapé. Bisbilhotando. De noite, na Casa dos Homens, sempre juntos, esquentam fogo contando casos e se embolam com a rapaziada.

Tivi, que nunca suportou Axi, malicia a agarração dos dois, mas não diz nada. Sua alma, sua palma – pensa. Melhor teria sido casá-lo com Rixca. Uxa, ranzinza, faz mais tangas para esconder seu desgosto. Já não suporta a presença de Orelhão sem rabanadas de rabugice:

– Amizade tanta é amigação.

As duas não se consolam de sua tribo índia ser tão dada a abominações. Aqui muito homem ou meio-homem destes, feito Axi, vive vida de mulher. Pintam-se com a pintura delas e se enfeitam com os enfeites delas. Alguns até se casam para ter marido. Estes abandonam o clube e vão para a casa das irmãs cuidar das crianças e cozinhar a comidinha que levam pro marido comer, de tarde, no pátio. Ninguém aqui parece preocupar-se com isto. Talvez porque sejam poucos. Ou será porque são simpáticos? Pros Galibis isso não tem importância.

– Sodomia não é só pecado, é vergonha – acham as monjas, horrorizadas. – Despudorados! – Não ousam falar do assunto escabroso com Orelhão. Temem outra reação raivosa dele, como a que teve quando recomendaram que não fizesse mais a besteira de ir ao tapiri das menstruadas.

– Por que não? Sou um homem livre!

Livre até que pode ser, terão pensado. Homem é que está pra ver. Índio macho mesmo, inteiro, nem passa por perto do rancho das flechadas da lua. Têm nojo. Elas, aliás, só se juntam lá naqueles dias de impedimento para demonstrar que as outras, cá de fora, estando inteiramente puras, são perfeitamente fodíveis.

Como naquele tapiri, cada dia, entra ao menos uma e sai outra, é lá o principal centro de mexerico da aldeia. Axi, por isso mesmo, não sai de lá. É o leva e traz novidadeiro do tapiri pro clube e do clube pro tapiri.

Orelhão, de corpo pintado, sempre com seu vistoso cocar, anda por todo lado com Axi. Participa até das visitas e das conversas com as flechadas. Mais parece um índio.

– O bom da vida é sorrir. Sururucatu, cunhada. – Para ele, agora, toda mulher é cunhada.

Com essa convivência íntima acabou aprendendo perfeitamente a língua. Já acompanha qualquer conversa. Tanto no dialeto dos homens, como no das mulheres. Fala pouco porque se vexa demais com a caçoada dos índios. Não há quem não morra de rir com o sotaque gaúcho dele.

– Boca de preto não dá mesmo pra língua de índio – diz Uxa.

Aconteceu, por desgraça, o inevitável. Calibã, afinal, descobriu que Orelhão é de uma tribo, Tivi e Uxa de outra, diferentes. Agora quer apurar em miúdos como é esta história e por que há tanto tempo estão mentindo.

– Sempre desconfiei: ele tão preto, vocês tão brancas. Não podiam ser do mesmo povo.

As duas, explicando, só complicaram as coisas. Uxa disse, primeiro, que era engano dele. – Todos somos da mesma nação. Só pensamos diferentemente.

– Qual o quê! O povo dele nem conhece os doze remédios. Lá os velhos morrem caquéticos. As famílias vivem separadas, os pais morando com os filhos. Não me enganam não. Assim vão se dar mal. Muito mal.

129

Tivi começou admitindo que havia mesmo diferenças e acabou concordando que eram, de fato, tribos distintas; embora as duas fossem entreveradas de pretos, de brancos e de índios.

Calibã aí apertou o cerco, queria detalhes.

– Índios Galibis, como nós? Como é isto? Vocês então têm gente minha lá? E o que é que estão fazendo? Por que nunca me disseram isso?

Calibã vai por aí arguindo a monja. Quer saber se elas só roubam homens ou se roubam também as mulheres. Mulheres, decerto que roubam para emprenhar porque as de lá serão todas monjas infecundas como elas duas.

– São ou não são?

Babando de raiva, Calibã quer saber o que fazem com os homens. Querem os machos para trabalhar por dinheiros e morrer de tristeza? Ou querem para reprodutor?

– É ou não é?

Tivi nega, chorando. Quando comovia o tuxaua, fez a besteira de admitir que a elas só interessa a conquista das almas. Ele explodiu gritando que sempre desconfiou que este negócio de missão bem podia ser uma forma de roubar suas almas.

– É ou não é? Conquistar almas não é o ofício nojento de vocês? E esse maricas aí, o que é que ele busca aqui?

O risco é mortal. Calibã saiu danado. Decerto foi cafungar paricá para adivinhar que história é esta e tomar as providências cabíveis. Orelhão, com medo, se esconde na choça das monjas – que jeito? Lá estão os três.

Tivi: – Vê que confusão você arrumou, sua bicha?

Orelhão: – Bicha é a mãe. Sou é fanchona!

Uxa: – Clóvis noves fora, zero.

Orelhão: – Que é que este cara pode fazer?

Tivi: – O que quiser. No mínimo, não sei o que: tudo!

Lá ficaram ruminando até cair de sono. De madrugada acordaram, assombradas, com a zoeira que vinha da Casa dos Homens, toda acesa. Ao redor das malocas das mulheres subia também uma barulheira infernal. De longe, os três assuntavam, assombrados. Afinal, entenderam que o rebuliço era de Calibã, andando pelas casas, para contar seu novo sonho. Chegou até a choça delas em visita, sorridente, sedutor. Sempre dando em cima de Tivi.

– Ria aí, Diaba de Deus. Vamos rir. Estou alegre, muito alegre. – Isto dizia cutucando e fazendo cócegas na Tivi.

Horas depois, Orelhão, que reconquistou a aldeia, ouviu de Axi e veio trazer a explicação que o tuxaua não quis adiantar. O sacana, na choça, só queria fazer cócegas na Tivi e chamá-la de Diaba de Deus.

– Estamos salvos! Calibã sonhou que na próxima Caapinagem casa com Tivi. – Imitando a voz do tuxaua Orelhão repete gaiato:

– A Diaba vai parir minha filha. Por isso é que minha filhinha sempre me apareceu tão branca. É da raça de Tivi, da Diaba de Deus.

– Viu, Tivi? Viu? Você será a avó de Poró, do Deus Poró: Dono do Mundo. Senhor dos Bichos. Você vai parir Deus, Tivi.

Felicidade Senil

Calibã gostou demais da tal Felicidade Senil. Pediu detalhes. Aprovou. Mas não entendeu nada, nadinha. Tanto que concluiu:

— Aqui nos Galibis sempre foi assim. Velho quereca ou jovem sofredor nos ajudamos a morrer. — Confessa, então, que põem a mão nas ventas do coitado e finam com ele, consolando:

— Você já dançou muito bocororo, saé. Já cantou muito sururiá. Já sururucou demais. Agora morre, cunhado. Morre tranquilo. Vira caititu ou queixada pra pastar, feliz, na outra banda.

Tivi, que estava costurando a roupa de chita para a sonhada viagem deles, se zangou dizendo que aquilo era assassinato. Levantou-se exaltada, impaciente, com as bestialidades de Calibã. Orelhão, temendo conflito, conciliou:

— Paciência, monja. O pobre não vê diferença entre os hábitos assassinos deles e as práticas gerontológicas da civilização. Paciência.

— Que civilização nenhuma. Aquilo é heresia da grossa — diz Uxa. — Deus e o governo que me perdoem: essa Lei da Felicidade Senil entrou na minha cabeça, mas ficou entalada em meu coração. — Orelhão, animado, concorda, agora horrorizado, pedindo detalhes da nova selvageria do Brasil lá delas. Tivi retoma a costura e explica que a tal Lei entrou em vigor há três anos, quando elas saíam de lá.

— De volta — se eu voltar — não verei mais meu pai. Coitado! Este é o ano dele: completará sessenta. Daqui a três anos será a vez de minha mãe. É verdade que não sofrem. Mas será que não sofrem mesmo?

— Quem me diz que meu padrinho gostou do LSD, da morfina, da cocaína ou da heroína? — pergunta Uxa. — Pra mim tomou foi obrigado.

Orelhão reclama explicações e Tivi, sempre costurando a roupeta de Calibã, debulha o assunto com voz triste:

— Assim é. Quem completa sessenta anos, mediante apresentação da carteira de identidade, pega em qualquer farmácia, a qualquer hora do dia ou da noite, a droga que quiser. Toma e se junta com os contemporâneos para sair de mãos dadas no bando dos sexagenários do bairro, num barato total. Quando chegar a minha vez – acrescenta –, se não morrer aqui e se duro até os sessenta, não vou gostar dessa felicidade drogada.

O clima de tristeza facilita o mergulho dos três nas confidências. Visivelmente inquieta com o futuro, Tivi para outra vez de costurar e fala, como quem pensa em voz alta, da confusão em que se meteram.

– Saímos de lá na véspera do rodízio. – Ela queria muito ser missionária. Para isso tinha se preparado durante anos: estudando, rezando, jejuando. Seria demais pedir a Deus que entre as milhares de funções que Próspero, o computador, sorteia, ela caísse exatamente na de missionária, no rodízio semestral. Fugiu. Fugiram as duas. Ela pra iniciar carreira. Uxa pra continuar a dela. Vieram fundar a primeira missão ecumênica do Brasil.

Explica, nesta altura, que a situação delas é ilegalíssima. Já estão há anos sem rodiziar. A situação de Uxa é ainda pior, porque, não sendo menina e não querendo saber da felicidade drogal, lá não quer voltar de jeito nenhum. Conclui:

– Temos é de ficar aqui, Orelhão. Para sempre. Quem sabe a partir dessa boa gente Galibi fundamos uma Nova Cristandade?

– Preparar um menino índio destes, ordená-lo como sacerdote da Santa Madre Igreja ou como reverendo pentecostal é o sonho de nossa vida.

Orelhão se pergunta se sua situação não é ainda pior. Para o Exército, é desertor. Como andou metido em assuntos do Eldorado, será até subversivo. A pena é certa: tiro na nuca, dado por qualquer um dos mil sargentos com vocação de tenente.

– E se sair daqui nem sei onde vou cair. Na banda das donas despeitadas? No meu Brasil da minha louca Guerra Guiana? No Brasil aí das monjas? O melhor mesmo é ir ficando por cá – conclui.

No outro dia, voltando à costura e ao assunto, Tivi, que acha boas razões pra tudo neste mundo, se põe a buscar razões razoáveis para a Felicidade Senil: tratava-se de uma opção. Era preciso escolher entre deixar mais crianças nascerem ou limitar o tempo de viver dos velhos, dopando os sexagenários.

– Qual era a escolha mais caridosa? – Lamenta, mas conclui que era inevitavelmente neles, nos velhos, que tinha de doer. Tinha que ser. Pior ainda era o crime da anticoncepção quimioterápica que se difundiu na juventude. E, sobretudo, a esterilização compulsória das mulheres pobres, principalmente as pretas e mulatas de mais de trinta anos, que se iniciou sob os auspícios das Nações Ricas.

Uxa – sempre crochetando suas tangas – argumenta que nenhuma opção era necessária. A solução excelente para isso, como pra tudo, já fora dada: era a Cristã. – Sempre afirmamos – diz ela – que a função da fornicação é exclusivamente procriativa. Se ninguém exagerasse, caindo em luxúrias, só nasceriam naturalmente os filhos devidos.

– Mas havia também a carestia – diz Tivi. – O programa se fez principalmente pra substituir velhos por jovens. Só cortando bocas improdutíveis que já comeram demais se podia nutrir boquinhas infantis e juvenis que não comeram ainda. Ideia mais louca ainda foi a do senador Swift que quis programar o neocanibalismo, transformando todo defunto em presunto. Isto sim, seria uma barbaridade.

Calibã, que – não gostando de fala lusitana – tinha saído para dar uma volta, regressou contente. Trazia, a tiracolo, um balaio de palma verde e, dentro dele, uma cuia pretíssima. Dela ia tirando uma farofa dourada que comia com gosto e oferecia. Orelhão, que aceitou um bocado, cuspiu fora, espalhando farinha por todo lado, quando soube o que comia. Era paçoca da carne desossada e ressecada de um sogro de Calibã. Tivi, que acha explicações pra tudo, quis justificar:

– É a comunhão selvagem, gente. A consumição da carne dos parentes mortos, desidratada no moquém, socada com muita farinha e bem apimentada. Assim, a seu modo e no seu nível de civilização, os nossos índios buscam encontrar a imortalidade. Os mortos, bem mortos, se tornam vivos para sempre porque continuam vivendo, contentes, no corpo dos viventes.

– Aqui, pelo que vejo, nada se perde: tudo se transforma – comenta Orelhão. – Você hoje está impossível, Tivi.

Ela é contra a ideia obsessiva de Uxa de acabar com essa prática índia. Pergunta, questionando, com que autoridade se meteriam nesse assunto privativo deles. Este é um verdadeiro ritual. É o venerável ritual do endocanibalismo. Costume reconhecido dos povos selvagens do mundo todo. Os próprios alemães, hoje tão progressistas, no tempo de Tácito, eram canibais. Os japoneses clássicos, idem, também comiam gente. Coisa muito pior do que ser endocanibais, como os nossos Galibis. Durante milênios estes nossos índios comeram os seus defuntos e sempre se deram bem. Por que havemos de interferir?

– Nossa religião interdita: proíbe! – grita Uxa, exasperada. Tivi pondera:

– Mas eles são selvagens, Uxa. Esse é um costume selvagem. Sel--va-gem. Que é que você quer? Deus os fez assim e os prefere a nós. Nós é que estamos aqui em busca dos filhos pródigos. Não são eles que estão querendo nos converter. Nós é que viemos pra cá em busca dos amados do Senhor.

– É verdade, mas é justo? – pergunta Uxa. – Nosso lugar não seria lá ao lado dos velhos em desespero na véspera do ano da Felicidade Senil? Eu bem disse a você que, em vez de vir salvar os índios, nós podíamos ficar lá, clandestinas, atendendo nossos entes queridos que ingressam nos cinquenta e nove anos.

– Esses foram planos, minha santa, planos superados. A verdade é que nós estamos aqui chamando esses povos felizes à cristandade. Essa gente Galibi sadia de corpo – até bonita – é que nós chamamos para serem as ovelhas de Deus. Veja só, é com esta gente de cabeça limpa – ainda que cheia de bobagens – que nos cumpre criar a Nova Cristandade. Estes rituais selvagens só mostram que são povos verdes. Amanhã, maduros, se contentarão com o sacramento da Eucaristia.

– Vocês hoje estão com a cachorra – comenta Orelhão.

Uxa e Tivi sentam outra vez e retomam uma o seu crochê, a outra sua costura, enquanto reencetam o assunto tormentoso. Agora, é Orelhão, apicaçado pela perplexidade, quem reclama esclarecimentos.

Tivi explica que o fator decisivo para a adoção da Lei da Felicidade Senil foi a velharia que vinha se acumulando – muitos com cento e vinte e cento e oitenta anos – um despropósito. Magotes de velhos que precisavam ser levados pelos guardas e amontoados nas praças em dia de sol para desembolorarem, porque os parentes estavam cheios deles.

Explica a ele e recorda a si própria que a adoção da Lei não foi nenhuma decisão precipitada. Todos os prós e contras foram exaustivamente discutidos na televisão, nos horários mais nobres, ao vivo, pra todo o país, por todas as estações enteiadas em cadeia. O penoso foi que, para respeitar o princípio ético de nada esconder deles, os velhinhos acompanharam toda a discussão. Mas como eram a maioria, perderam na votação, que, aliás, foi proporcional. A decisão se tomou pelo método computacional da amostragem aleatória, que não admite erro.

– Votada, a Lei foi executada – acrescenta Uxa. – No primeiro ano, inaugural, drogaram os maiores de setenta. No ano seguinte, foi a vez da classe etária de sessenta e cinco em diante. Depois, chegou a vez do terceiro grupo: os maiores de sessenta. Afinal, desde o ano passado, começou o programa anual a partir de janeiro. Cada pessoa que completa os sessenta vê soar a hora da felicidade.

– Isto só não é mais triste porque podia ser pior – diz Tivi. – De fato, o panorama era feio. A rapaziada do Brasil Rico se havia apropriado das drogas que acabavam com seus ardores, tanto eróticos como políticos. Estavam todos desbundando e desmunhecando de puro fastio. A Lei assegurando a todos, na idade apropriada, o acesso às drogas heroicas acabou com o entusiasmo dos drogadinhos.

Pensando em voz alta, Tivi conclui para si mesma que a Felicidade Senil é também efeito da vontade divina.

Deus mesmo disse: crescei e multiplicai-vos. O dito divino caiu em bons ouvidos. Misturada a sagrada vontade com a humana concupiscência e a tudo isto somado o progresso tão prodigioso, como irresponsável, das ciências médicas, o resultado inevitável foi a Felicidade Senil compulsória, afinal promulgada legalmente. Para tanto, foi inscrito, por Ato Institucional, na Constituição da República, o princípio de que:

"A ninguém é lícito viver impreterivelmente."

Medite comigo, meu caro leitor-leitora, sobre este Ato. Ele é o reconhecimento da compulsoriedade necessária da morte que, sendo consabidamente inevitável, só pode ser programada. Nestas circunstâncias só nos cabe o consolo de recordar que, afinal, como dizem os sábios chineses, o inevitável é sempre o melhor.

Com efeito, o incremento exponencial, mas meramente quantitativo, da humanidade, em seu crescimento impetuoso, transbordou. Ao fim, tanta vida humana ameaçava a própria sobrevivência da humanidade. Já metade da população era improdutiva por senilidade. Uma sexta parte era também improdutiva por infantilidade. Isso fazia recair um peso insuportável sobre a terça parte constituída pelos trabalhadores produtivos, já exaustos demais. No limite a que se chegou, o mais generoso era mesmo o fim alegre da Felicidade Senil.

Que acha disto o leitor, que é também mortal? Ou não é? Eu, às vezes, penso que muitos desses sexagenários bem podem experimentar, no ano derradeiro, um gozo maior do que tiveram na vida inteira. É possível ou não é impossível. Maior gozo do que os duvidosos gozos da ancianidade certamente será.

– E as almas? – pergunta Uxa.

– As almas o quê? – contesta Tivi. – Felizmente, alma não ocupa espaço, senão o Céu também seria racionado.

– Para onde vamos, Tivi, nesse mundo em que a caridade se tornou mortal?

– Pode até melhorar, querida. Não se esqueça, Santa Teresa morria de vontade de morrer para entrar na Glória. Não é verdade? Não fui eu que inventei isto. Sou apenas racional. Nem gosto disto, apenas reconheço que um mundo mais cheio de jovens é mais jovial. O Brasil da Felicidade Senil, não padecendo a tristeza de ver a senilidade sofrendo, vai se alegrar. Vai ser um país até mais bonito.

Orelhão, reclamando que a solução é ruim demais, quer saber se não havia alternativa.

– Não havia outro jeito?

– Haver, havia – explica Tivi. – Só que os planos alternativos eram piores. O de comer os pobres na forma de presunto do senador Swift foi logo rejeitado: ideia de irlandês!

O plano de construir os Falanstérios da Ancianidade foi muito debatido, tinha adeptos fervorosos. Estes FA seriam grandes barracões climatizados, cada um deles capacitado para abrigar cem mil velhos pendurados em varas, como morcegos, metidos em posição fetal, dentro de sacos de forma uterina, feitos de borracha plástica. Cada ancião receberia um tubo na boca e outro no extremo oposto, um para aleitar, outro para desaleitar. Teria, também, seu solitário no ouvido para ouvir vozes carinhosas:

– Vovozinho querido, te amo, tanto, tanto...

Tivi não tem dúvidas de que prefere seu pai drogado, cafungando e dançando feito doido nos gramados do Jardim de Alá a saber que está dependurado feito morcego, escutando vozes de afeto eletrônico.

Não sei nem imagino o que a leitora achará disto. Eu, por mim – aqui entre nós –, acho abominável. Mas, que fazer? Concordo que este bem pode ser nosso doce destino. Talvez até inevitável: fatal.

Primeiro, os homens se comeram uns aos outros canibalescamente. Gente era uma caça como as outras, só que de carne mais fina, melhor. Parecidíssimos com gente verdadeira – deviam achar –, mas visivelmente desumanos:

– Nem nossa língua falam.

Depois, com a evolução passamos a nos comer antropofagicamente. Quer dizer, com grande ritual festivo. – Sacerdotes-açougueiros serviam a vítima a Deus, simbolicamente, exibindo seu coração sangrento ou esparzindo sobre o altar seu sangue ainda quente. O resto – que era o corpo todo – os sumos sacerdotes comiam em banquete com os mais ilustres fiéis: os nobres e os guerreiros.

Com o progresso da pecuária fomos substituindo vítimas humanas por bois, cordeiros ou bodes e até lhamas, onde havia. Só quem não tinha gado – como os Astecas e os Tupinambás – continuou a comer gente *in natura*. Mas o cerimonial continuou vivo por toda parte, através de ritos eucarísticos cada vez mais assépticos.

Com o salto derradeiro da evolução que produziu esta fartura de gentes sobrantes e inúteis – sobretudo velhos já vividos –, o problema se recolocou. Num primeiro impulso, quis-se voltar à antropofagia na forma endocanibálica. Não deu certo, por falta de substrato moral para a consumação dos mortos seja nos hábitos ingleses, seja nos brasileiros. Daí à opção pela Felicidade Senil foi um passo. Passo necessário, certamente, porque traz uma solução real para um problema social concreto. Passo, talvez, até filosoficamente necessário, fatal, porque se trata, sem qualquer dúvida, de um fecho consequente de toda história humana. Somos cada vez mais espirituais. Na droga nossa carne se faz espírito.

– Lá vem Axi – diz Orelhão, apreensivo. – E vem todo alegrim. Vai querer que eu traduza para ele toda esta conversa. Vou mentir de novo, e ele vai desconfiar outra vez. Esta bicha é melindrosa demais. Sempre acha que estou escondendo dele as coisas importantes.

Felizmente Axi passou de longe. Só deu uma olhada doce pro lado do Orelhão e lá se foi, pintado de urucum, vermelhíssimo, no seu andar gingado.

– Vou no tapiri delas, viu, bem?

Bem sei, meu leitor, que esse reino Galibi não é nenhum País de Cucanha que se diga. Longe está das abundâncias miraculosas dos mundos sonhados:

• Vacas de úberes inesgotáveis.
• Rios de leite e de mel.
• Arroios de cerveja e de cachaça.
• Peixes aflitos pulando nas caçarolas.
• Caças mágicas se transformando em qualquer iguaria.

Nada disso existe por lá. Nem mesmo vacas há. Nem vinho, nem cerveja, nem cachaça. O mel que existe é este metido nos paus mais duros e defendido por abelhas que mais parecem marimbondos.

Admita, porém, que tem seus rústicos encantos. Principalmente essa indiada cândida e afável. Não tendo jamais experimentado os freios de escravidão ou do assalariato, eles guardam uma inocência e uma inteireza que, entre nós, só restam nas crianças, nos doidos e nos caducos.

São de gabar, também, suas mãos habilíssimas para todo fazimento. Capazes de pôr perfeições indivisíveis nas coisas mais reles, pela pura alegria de criar porque nem sabem que trabalham.

Seu forte, contudo, não está nas sabedorias do fazer. Está, isto sim, é nas artes do conviver. Nisto estão sozinhos. Organizam suas vidas em comunidade como quem acha que o importante da vida é só viverem todos juntos, convivendo livremente, sem medo de donos, nem de reis, nem de deuses.

Até suponho que os socialistas verdadeiramente comunistas o que querem, sem saber, é um mundo como este Galibi. O que buscam há tanto tempo e tão afanosamente – esse velho sonho ansiado de uma coisa que só faltava imaginar bem para possuir realmente – é, nada mais nada menos, do que essa convivência índia num reino mecânico e computacional: civilizado.

Este tuxaua deles, por exemplo, que bem podia ser um rei, é na verdade um banana, como bem diz Orelhão. Mas por que todo chefe ou rei – se é que tem de havê-los – não há de ser um companheirão? Jamais Calibã deu uma ordem na vida e no dia que der todo mundo vai cair na risada.

– Sou passadista, confesso.

Mas não pense o leitor que advogo o retorno à Barbárie. Longe de mim tal disparate. O que tenho é uma incurável nostalgia de um mundo que bem podia ser, mas jamais foi e que eu nem sei como seria e se soubesse não diria.

Verso estes jogos utópicos forrado de cautela. Suspeito muito que reformar a sociedade – desfazendo-a, para refazê-la melhorada –, embora indispensável, seja um trabalho muitíssimo arriscado e complicado. Muito mais, certamente, do que desmontar uma vaca e remontá-la, capaz de mugir melhor e dar bom leite.

Stalin tentou e deu com os burros n'água, mas afiançou o socialismo, no cerco.

Mao dobrou a parada de nossas esperanças enquanto praticou jardinagem, e vetou o mandarinato.

Fidel, imprudente, insiste. Persistindo na loucura, acabará demonstrando que a Galibia Martiana há de florir.

Eu torço pra dar certo: há de dar! Há de dar!

– Muito bem. Tomara! Secunda, lá do Céu, Nosso Senhor Jesus Cristo, que afinal entrou na política.

Caapinagem

A aldeia gira louca. Louca gira que gira.

É a máquina de festas que vira e que roda. Aí vem a festança maior. A Festa Brava do Caapi.

É a Caapinagem que vira, revira.

Calibã, ao pé da gaiola do gavião caça-macaco, vestido na sua roupeta azul, a tudo assiste sem susto. Toda meia hora cutuca o gavião com uma flecha de anzol para fazê-lo guinchar:

– Xcrixxx, xcrixxx, xcrixxx.

Grupos de índios saem correndo pra todo lado. Vão buscar o que é dos homens. Carne de bicho. Carne de voante. Carne de peixe ou nadante.

Cada parente bicho quer contribuir mais para o moquém da festança. Principalmente os primos Anta, Caititu e Queixada. Mas também os Veados que, sendo cunhados, devem ser comidos com cuidado. Importantes são os avós Onças Sussuaranas e Onças Pixunas. Estes, antes de assar, se tem de destapar, inteira, a tampa da barriga, porque ainda são gente disfarçada.

Calibã só recusa as capivaras de carne frouxa e fedida; os tamanduás, com sua catinga de formiga; e os guarás, que assustam e enlouquecem com seus olhos esbugalhados. Tem razão, estes bichos não são parentes, nunca foram gente.

Quase todo bicho de pena tem carne ruim de moquém. Boa demais é só a do Mutum. O Patão Cairina também é bom. Outros só são comíveis. Não a vovó Ema, que ninguém come jamais, é impossível. Menos ainda a comadre Saracura que canta fino com o bico e grosso com o cobi. Quem come desafina.

Peixe é bom demais. Mas gostoso mesmo no moquém é Pacu. Tucunaré. Piranha. Cachorra. Tambaqui. Não se come é Piraquê. Por quê? Bicho d'água que não é peixe, bom de comer, é só Jacaré e Cobra. Lontra e Ariranha são nojentos demais.

As mulheres é que mais se viram na lida da festa. Primeiro: fazendo farinha, fazendo farinha, fazendo farinha. Depois: fazendo cauim, fazendo caxiri, fazendo paricá. Por fim: socando casca de auasca, socando casca de Caapi. Socando casca, tirando sumo, noite e dia. Sorrindo. Chorando.

A Caapinagem começa pela festança mansa da comilança de comida moqueada e da bebeção de cauim de caju e caxiri de tudo que há. Avança pela festa desvairada da cafungação de paricá.

Antes de entrarem na Festa Brava do Caapi, as monjas deram no pé. Orelhão sabia pra onde. Ele próprio escolheu o esconderijo.

– O melhor mesmo – disse – é aquele oco de sacupema. Eu também caio lá, se a coisa entortar.

Iniciada a Festa Brava da Caapinagem de verdade, depois dos primeiros golaços, Calibã sai deslumbrado, procurando Tivi.

– Ô Tivi, ô Tivi, vem parir Poró. Vem parir Poró, Tivi. Diaba de Deus, vem cá! Vem cá!

Orelhão entregou a monja: pegou a mão do tuxaua e foi guiando, direto praquele oco. Chegaram lá com a tribo atrás, vociferando. Metade já transformada em bichos. O preto, com artes de bugio, saltou lá dentro pra agarrar Tivi.

– Coitada – que jeito! – teve mesmo de sair. Fora – que jeito! – teve mesmo de engolir aquela papa de Caapi que Calibã metia pela boca dela adentro. Andando pra aldeia, Tivi grita:

– Deus me salve. Deus me leve.

Na aldeia, mergulhada no barato, Tivi, toda tristeza, cantarola bêbada:

"Capineiro de meu pai...

Nãomecortes... nãomecor... nãome..."

Enquanto isto tira fora o seio direito e espreme para esguichar leite na cara de Calibã.

De repente, se alumbra toda e aí se vê e se aceita. Entra na dança alucinada e nela se desfaz gritando, se desvestindo. Já nua, nuela em pelo, mas agarrada ainda no rosário enrolado ao redor do pescoço, conclama:

– Sururucatu, Sururucatu – e ainda não tinha sururucado.

Calibã, convertido num espantoso crocodilo negro esverdeado, se levanta sobre as patas dançando alegre ao redor de Tivi. Só então, esquecida de quem era, a monjinha se vê no que é: da cintura pra cima é uma pantera de duas patas. O pelame prateado, olhos verdes cintilantes, negros lunares e aquela elástica, sedutora presença que paralisa, encantado, todo bicho, toda gente. Encanta e mata. Da cintura para baixo, a pantera é cobra boiuna, escamada, serpenteante.

É só se verem no que são a tigrona com o jacaré, para se abraçarem enlaçados.

Uxa, que vinha atrás, muito vestida e muito só, para não deixar Tivi sozinha, senta-se bem no meio do pátio, chorando apavorada do horror de ver Tivi tão transformada. Tranca os dentes de doer pra não engolir nem uma gota do diabólico Caapi que ninguém lhe dá. Fecha os olhos de doer, para não ver a bicharada índia sacrificando a menina Tivi-tigrina no martírio doloroso. Recita:

– Salve-nos Deus, do destino de Moab, de Baal Fogor.

– Salve-nos Deus, das tentações de Cosby, a filha de Madiám.

Acocorado no pátio, ao lado de Uxa, Orelhão olha o povo Galibi chumbado. Ri pra Tivi e Calibã que se enroscam e desenroscam escornados. Quando menos espera, o pajé se encosta nele e, de abrupto, o força a engolir sua golfada do mingau do demo.

– Arre que é ruim, este vômito da lua – grita cambaleando.

A pasta desce gorda como uma rã pela goela dele adentro. Bate dura no bucho e lá se esgalha como um polvo. Orelhão sente, primeiro, os tentáculos que penetram pelo tronco acima e abaixo, entrando pelos braços, mãos, dedos. Ao mesmo tempo, descem por suas pernas abaixo até esbarrarem nos artelhos cerrados, lá longe, que revivescem instantâneos.

Tonto, atônito, ele se alça todo quando outro lanço sobe pelo pescoço, ganha a cabeça e estrala nela como uma estrela explodida. É aquele clarão branco, azul de tão branco, cegador. Logo apagado num preto que vira negro negrume de breu. Em seguida, se reacende vermelho urucum e, depois, rubro de sangue, avermelhando, ensanguentando o mundo inteiro.

Orelhão cai de bruços num ataque convulso e a luz se transforma, subitamente, abrindo-se por todo lado em sóis brilhantes que berram e urram e depois se calam totalmente. Então, no negror silente, começam a cair pingos de luz e de som:

Lam... Plim... Dom... Fal... Ree... Sii... Min...

De repente tudo se cala e Orelhão acorda novo, refeito. Totalmente aceso, vê com mil olhos a luz que sai de seus olhos. Ouve, com mil ouvidos, cada um dos tantíssimos sons silentes que irradia.

Aí é que, ajoelhado, de olhos acesos, limpa a goela e cospe no chão a lagartixa tenebrosa. Ela vira-se pra ele – e cresce de repente, para ser um tatu-gigante, apavorante, de duas cabeças. As horrendas bocarras abertas, cheíssimas de dentes, põem fora duas línguas, uma preta de cobra trífida, e gelada; outra rubra escarlate de dragão, cuspindo fogo. Orelhão foge desarvorado com o Dragão da Rua Larga atrás, clamando:

– Espera aí, bem. Espera aí, meu bem.

Virando pra trás, ele vê, então, que o dragão é o doce Axi. Orelhão enraivece e, puto, explode Axi e se transforma numa metralhadora ardente, gritando pela boca do cano.

– Meia-volta, volver!

Dispara tiros de água aveludada que logo se transformam em chuva escaldante que cai do céu. Orelhão chora, implora, sofrendo no pelame os estragos dos pingos de fogo que abrem feridas sangrentas, esfumaçantes.

Salva-se quando se encarna num resplandecente cavalo voador, unicórnio, escoiceante, dançando de asas abertas sobre suas duas patas de ferragens reluzentes; a larga crina de náilon balançando; a boca de dentes de ouro rebrilhando, gargalhando:

– Sou a besta do Apocalipse!

Enquanto isto, ali mesmo ao lado, a tigra Tivi, com sua cauda de cobra enroscada no tuxaua, nele engatada, toda se enlanguesce. Sua cara de onça, enorme, se inclina cheia de ternura para passar a fina boca preta de lábios entreabertos nas verdes escamas da cabeça de crocodilo dele, lambendo. As grossas patas de jacaré do tuxaua se agarraram no rabo dela, e assim atracados, engatados, rolam pelo chão esturrando, gozando, até se desatarem e se largarem, caídos no chão, resfolegantes.

Aí vieram as metamorfoses de Tivi e Calibã, um olhando pro outro e se vendo mutuamente. Ele e ela, sucessivamente sendo e deixando de ser todos os entes que contêm.

Ele, primeiro, foi Anta novinha de pelo marchetado, retorcendo o narigão para fazer graça e depois esticando o focinho em tromba para beijar Tivi com beijos sugados.

Ela, a Veadinha de ouro levantada sobre as três patas, abre asas negríssimas pra rodar sobre si mesma, toda exibida, parindo pelicanos de toda cor que piam, cantam, se sangram no peito, sofrem e choram.

Calibã se fez, então, o Macacão barbudo, de três cabeças com o rabo enrolado no pescoço de Tivi, coçando a bunda com uma mão e oferecendo com a outra seu pau de prego.

Agora, Tivi é Micura gambá careteira de faixa branca toda eriçada no lombo, peidando tiros de fumaça fétida na cara do tuxaua, que já é o bicho preguiça cor-de-rosa, olhos amarelos esbugalhados, carinho-síssimo, encurvando as unhas para acariciá-la com patas emplumadas.

Os dois se veem e se olham assombrados, maravilhados, quando se transformam, num repente, em duas gigantescas Sapas Súcubas, gordas, vestidas cada qual em sua capa cintilante de pérolas líquidas que mudam de cor a cada instante. Ambas abrem simultaneamente as bocas e põem para fora suas línguas vermelhas, lindíssimas, molhadas, pingantes, que se metem uma na boca da outra e lá ficam, tremendo. Agora Tivi é Calibã e é ela mesma. Calibã é Tivi e é ele próprio. Os dois atados, atracados, por aquele cordão vivo vibrante.

A roda da festa gira que gira. Agora na força total do Sumo Pontífice Caapi. Toda a tribo é de santos bichos falantes, amorosos, coçantes. Uns se enroscando nos outros, roçando os pelos nas peles, as penas nos couros, os pelos e as peles e as penas nas escamas e nas cordas e vice versa ao contrário. Quem é quem? Quem é ninguém?

O jacaré namora a onça, que namora a sucuri, que namora o veado, que namora a garça, que namora o tatu, que namora o pacu, que namora o pirarucu, que namora o bugio, que namora a si mesmo.

Tivi, feita tigresa de pelo de prata com negros lunares no colo tuxaua-jacaré, mia como uma gata: engatada.

Uxa, os olhos queimados de lágrimas salgadas, reza cantando:

– Ó Deus de pedra, sentado no trono de arco-íris.

– Ó vinte e quatro anciãos brancos de cuca dourada.

– Ó relâmpagos! Ó vozes! Ó trovões!

– Ó sete candelabros de fogo.

– Ó quatro mil viventes de mil olhos videntes.

– Ó leão. Ó touro. Ó homem prenhador. Ó águia voadora.

– Ó santos das seis asas de mil olhos.

– Ó Santo Deus Todo-Poderoso.

– Ó Deus da Glória. Ó Deus da Honra. Ó Deus do Poder.

– Por que nos criastes, Senhor? Por quê? Por quê?

– Por que nos castigas, Senhor? Por quê? Por quê?

Jurupari desce outra vez no seu altar. Vem ao mundo cafungar, caapingar. Lá está ele, na Casa dos Homens, chumbado. Encarnado nas máscaras viventes dos Santos Bichos, Jurupari sopra ao mesmo tempo as Vinte e Uma flautas sagradas. Roucas e esganiçadas, elas dizem, gemendo, cantando:

"Salve, salve Glauber. Bem-vindo seja cá.

Este mundo é do Homem.

Não é de Deus, nem de Mulher."

De repente, toda a bicharada índia se levanta e começa a correr, desordenada. Depois corre em círculos, ao redor da Casa dos Homens, sem parar. O tropel de pés batendo, compassados, faz do chão um tambor rufante. O batecouro sobe, sobe, atordoa, entontece todo mundo até entontecer o mundo.

Aí se ouve o esturro ensurdecedor. É a terra que ruge e esturge, se abrindo num rego ao redor da aldeia. Agora, a aldeia é uma ilha que balança, se levanta do chão e sobe, sobe.

O bate-caixa se cala. A indiada toda para de dançar e corre pra beira. Lá se agacha para olhar, extasiada, o mato alto lá debaixo ficando baixo. O gavião caça-macaco abre as grandes asas e guincha, alegre, extasiado, do gozo de voar dentro da gaiola. Uxa rola no chão, desenganada. A tigra Tivi, montada na cacunda do tuxaua-jacaré, canta trinados. Virou passarinho, avoa.

A ilha sobe, mais e mais, sobe mais ainda pra todo mundo ver, lá de cima, como o mundo é. Ou não é? Todos olham pasmados. Lá vão os rios correndo transparentes, brilhantes, para o horizonte, onde as águas acumuladas sobem formando o céu azul, estrelado. Voando, voando na ilha voadora, veem, pasmados, nuvens fofas de algodão e nuvens negras recheadas do fogo do trovão: Tupã, Tupã. Subindo, subindo, a ilha mostra, de um lado, a cabeceira do mundo na morraria altíssima; e do outro lado, os pés do mundo, enormes, enormíssimos.

Trôpego, Calibã se levanta, vai comandar o voo.

– Quero ver os mundos, gente. Todos os mundos.

A ilha obedece. Gira, se vira e desce, abaixando para mostrar o que ele quer olhar. Acha logo, no esplendor do Eldorado, o mundo das despeitadas. Ficam todos um tempão olhando, lá de cima, os malocões, lá embaixo, com seus igarapés de banho e suas ocas de Ibirapema.

Baixam mais sobre uma maloca, veem as donas correndo lá embaixo, assombradas de ver aquela ilha voadora, cheia de gente dependurada nos galhos. Agoniadas, se perguntam:

– Que macacada de povo índio é esse que vem sobre nós? – Saindo do susto, pegam sarabatanas e começam a cuspir setas nos olheiros. As setas sobem, voam, dão sua volta no céu e voltam pro mesmo lugar. Umas tantas delas, caindo, fisgam umas meninas morenas que caem mortas de morte instantânea.

– Minhas filhinhas, coitadas! Cuidado, bichas! Cuidado! – grita Pitum, chorando desesperado nos braços de Axi. Calibã e os homens todos nem ligam. Só têm olhos pra ver, assanhados, tanta mulher de um peito só e de graças tão estufadas.

– Surucatu, surucatu – gritam.

É demais o berreiro de Orelhão.

– Minhas filhas. Minhas pobres filhas. E meus filhos? Cadê eles, cadelas? Cadê? Que é que ocês fizeram com eles? Canibalas! – Tanto chora o preto que todos começam a chorar para ajudar. A tristeza baixa atroz, arrasadora.

– Vamos pros mundos divertidos – grita Calibã, dando um galeio na ilha que voa e vai dar bem em cima das tropas brasileiras engalfinhadas, desgadelhando-se na Guerra Guiana.

O radar brasileiro descobre, instantâneo: ataque aéreo inimigo!!! O sargento fala pro capitão! O capitão fala pro general! O general, pro almirante! O almirante, pro brigadeiro:

– Oba! Oba! Oba!

O combate, célere, começa. A artilharia roda e ponta canhões infantes e canhões marinhos para atirar. A aviação põe no ar seus mirages e ataca. Os aviões jogam bombas napalm que, passando ao lado da ilha voante, vão explodir no chão, acendendo incêndios e fazendo estragos na caipirada recruta com três meses de conscrita. Os artilheiros, afinal, põem seus canhões em posição e atiram. As balas gigantes saem, triscam a ilha por fora ou furam e saem pra explodir na putaqueopariu.

Calibã, vendo perigo, assume o corpando da defesa. Põe seus homens de cócoras debaixo das árvores bem na beira e ordena:

– Caa-gar. Caa-rre-gar. Caa-gar. Atirar! – Cada miaçu dele caga na mão e joga lá embaixo: pum, pum, pum. Os tiros caem no alvo; xpô – xpô – xpô.

Vencida a guerra, a ilha parte pro Brasil das monjas. Calibã quer, porque quer, os doze remédios. Lá vem ele voando. Lá vem ele. Lá vem.

Darcy Ribeiro – Rio: 26 de outubro de 1981 – Vésperas

Vida e obra de Darcy Ribeiro

1922

Nasce na cidade de Montes Claros, estado de Minas Gerais, a 26 de outubro, filho de Reginaldo Ribeiro dos Santos e de Josefina Augusta da Silveira Ribeiro.

1939

Começa a cursar a Faculdade de Medicina de Belo Horizonte. Nesse período, inicia a militância pelo Partido Comunista do Brasil (PCB), do qual se afastaria nos anos seguintes.

1942

Recebe uma bolsa de estudos para estudar na Escola de Sociologia e Política de São Paulo. Deixa o curso de Medicina e segue para a capital paulista.

1946

Licencia-se em Ciências Sociais pela Escola de Sociologia e Política de São Paulo, especializando-se em Etnologia, sob a orientação de Herbert Baldus.

1947

Ingressa no Serviço de Proteção aos Índios, onde conhece e colabora com Cândido Mariano da Silva Rondon, o Marechal Rondon, então presidente do Conselho Nacional de Proteção aos Índios. Realiza estudos etnológicos de campo entre 1947 e 1956, principalmente junto aos índios Kadiwéu do estado de Mato Grosso; Kaapor, da Amazônia; diversas tribos do alto Xingu, no Brasil Central; bem como entre os Karajá, da Ilha do Bananal, em Tocantins, e os Kaingang e Xokleng, dos estados do Paraná e Santa Catarina, respectivamente.

1948

Em maio, casa-se com a romena Berta Gleizer.
Publica o ensaio "Sistema familial Kadiwéu".

1950

Publica *Religião e mitologia Kadiwéu*.

1951

Publica os ensaios "Arte Kadiwéu", "Notícia dos Ofaié-Chavante" e "Atividades científicas da Secção de Estudos do Serviço de Proteção aos Índios".

1953

Assume a direção da Seção de Estudos do Serviço de Proteção aos Índios.

1954

Organiza o Museu do Índio, no Rio de Janeiro (Rua Mata Machado, s/nº), que dirige até 1957. Ao lado dos irmãos Orlando e Cláudio Villas-Bôas, elabora o plano de criação do Parque Indígena do Xingu, no Brasil Central. Escreve o capítulo referente à educação e à integração das populações indígenas da Amazônia na sociedade nacional, da Superintendência do Plano de Valorização Econômica da Amazônia (SPVEA).
Publica o ensaio "Os índios Urubus".

1955

Organiza e dirige o primeiro curso de pós-graduação em Antropologia Cultural no Brasil para a formação de pesquisadores (1955/1956). Sob sua orientação, o Museu do Índio produz diversos documentários sobre a vida dos índios Kaapor, Bororo e do Xingu. Assume a cadeira de Etnografia Brasileira e Língua da Faculdade de Filosofia, Ciências e Letras da Universidade do Brasil, no Rio de Janeiro, função que exerce como professor contratado (1955/1956) e como regente da cátedra (1957/1961). Licenciado em 1962, é exonerado em 1964, com a cassação dos seus direitos políticos pela ditadura militar, e retorna à universidade somente em 1980, já com o nome de Universidade Federal do Rio de Janeiro (UFRJ). Por incumbência do Departamento de Ciências Sociais da UNESCO, realiza um estudo de campo e de gabinete sobre o processo de integração das populações indígenas no Brasil moderno.

Publica o ensaio "The Museum of the Indian".

1956

Realiza estudos sobre os problemas de integração das populações indígenas no Brasil para a Organização Internacional do Trabalho (OIT).

Publica o ensaio "Convívio e contaminação: defeitos dissociativos da população provocada por epidemias em grupos indígenas".

1957

Nomeado diretor da Divisão de Estudos Sociais do Centro Brasileiro de Pesquisas Educacionais (1957/1959) do Ministério da Educação e Cultura (MEC).

Publica os ensaios "Culturas e línguas indígenas do Brasil" e "Uirá vai ao encontro de Maíra: as experiências de um índio que saiu à procura de Deus" e o livro *Arte plumária dos índios Kaapor* (coautoria de Berta Ribeiro).

1958

Empreende um programa de pesquisas sociológicas, antropológicas e educacionais destinado a estudar catorze comunidades brasileiras representativas da vida provinciana e urbana nas principais regiões do país. É eleito presidente da Associação Brasileira de Antropologia, exercendo o cargo entre os anos de 1958 e 1960.

Publica os ensaios "Cândido Mariano da Silva Rondon", "O indigenista Rondon" e "O programa de pesquisas em cidades-laboratório".

1959

Participa, com Anísio Teixeira, da campanha de difusão da escola pública frente ao Congresso Nacional, que elaborava a Lei de Diretrizes e Bases da Educação Nacional.
Publica o ensaio "A obra indigenista de Rondon".

1960

É encarregado pelo governo Juscelino Kubitschek de coordenar o planejamento da Universidade de Brasília (UnB). Organiza, para isso, uma equipe de uma centena de cientistas e pensadores.
Publica os ensaios "Anísio Teixeira, pensador e homem de ação", "A universidade e a nação", "A Universidade de Brasília" e "Un concepto de integración social".

1961

É nomeado diretor da Comissão de Estudos de Estruturação da Universidade de Brasília por Jânio Quadros.

1962

Toma posse como o primeiro reitor da Universidade de Brasília, cargo que exerce até 1963. É eleito presidente do Centro Brasileiro de Pesquisas Físicas. Assume como ministro da Educação e Cultura do Gabinete Parlamentarista do primeiro ministro Hermes Lima.
Publica o ensaio "A política indigenista brasileira".

1963

Exerce a chefia da Casa Civil do presidente João Goulart, até 31 de março de 1964, quando se exila no Uruguai devido ao golpe militar.

1964

Exerce, até setembro de 1968, o cargo de professor de Antropologia em regime de dedicação exclusiva da Faculdade de Humanidades e Ciências da Universidade da República Oriental do Uruguai.

1965

Publica o ensaio "La universidad latinoamericana y el desarrollo social".

1967

Dirige o Seminário sobre Estruturas Universitárias, organizado pela Comissão de Cultura da Universidade da República Oriental do Uruguai. Publica o livro *A universidade necessária*.

1968

Recebe o título de Doutor Honoris Causa pela Universidade da República Oriental do Uruguai. Retorna ao Brasil em setembro por ter sido anulado, pelo Supremo Tribunal Militar, o processo que lhe havia sido imposto pelo tribunal militar. Com o Ato Institucional nº 5 do regime militar brasileiro, é preso em 13 de dezembro.

Publica os ensaios "La universidad latinoamericana" e "Política de desarrollo autónomo de la universidad" e o livro *O processo civilizatório: etapas da evolução sociocultural* (Série Estudos de Antropologia da Civilização).

1969

Julgado por um tribunal militar, é absolvido por unanimidade a 18 de setembro, em sentença confirmada pelo Superior Tribunal Militar. É aconselhado a retirar-se novamente do país. Fixa-se em Caracas, sendo então contratado pela Universidade Central da Venezuela para dirigir um seminário interdisciplinar de Ciências Humanas, destinado a professores universitários e estudantes pós-graduados, e para coordenar um grupo de trabalho dedicado a estudar a renovação da Universidade.

A revista *Current Anthropology* promove um debate internacional sobre seu livro *The Civilizational Process* e seu ensaio "Culture-Historical Configurations of the American People".

1970

Participa do 39º Congresso Internacional de Americanistas, realizado em Lima, Peru, em agosto, como coordenador do seminário Formação e Processo das Sociedades Americanas, no qual apresenta o trabalho "Configurações Histórico-Culturais dos Povos Americanos", que publicaria no mesmo ano. Conclui seus estudos dos sistemas universitários, publicados em *La universidad latinoamericana*. A convite da Universidade Nacional da Colômbia, integra, em setembro, um grupo de peritos em problemas universitários que realiza um seminário em Bogotá para debater os aspectos acadêmicos da universidade: políticas, programas, estrutura.

Publica os livros *Propuestas acerca de la renovación* e *Os índios e a civilização: a integração das populações indígenas no Brasil moderno* (Série Estudos de Antropologia da Civilização).

1971

Prepara, a pedido da Divisão de Estudos das Culturas da UNESCO, a introdução geral à obra *América Latina em sua arquitetura*. Participa de um congresso sobre o problema indígena, realizado em Barbados, sob os auspícios do Conselho Mundial de Igrejas, e colabora como um dos redatores da Declaração de Barbados sobre etnocídio dos índios. Participa do Colóquio Internacional sobre o Ensino das Ciências Sociais, realizado em Argel, apresentando trabalho em colaboração com Heron de Alencar. Em julho, convidado pelo Atheneo de Caracas, ministra uma série de seis palestras sobre Teoria da Cultura, resumidas em quatro conferências na Universidade de Los Andes, Mérida, Venezuela.

Publica o livro *O dilema da América Latina: estruturas de poder e forças insurgentes* (Série Estudos de Antropologia da Civilização).

1972

Em janeiro, junto com Oscar Varsavsky, Amílcar Herrera e um grupo de educadores do Conselho Nacional da Universidade Peruana, prepara um plano de reestruturação do sistema universitário peruano. Participa da II Conferência Latino-Americana de Difusão Cultural e Extensão Universitária, promovida em fevereiro no México pela União das Universidades Latino-Americanas (Udual), apresentando o trabalho "¿Qué integración latinoamericana?". Em abril, volta a Lima para reunião do Conselho Nacional da Universidade Peruana (Conup) e escreve, em seguida, o estudo "La universidad peruana". Radica-se em Lima, Peru, onde planeja, organiza e passa a dirigir o Centro de Estudos de Participação Popular, financiado pelo Programa das Nações Unidas para o Desenvolvimento (PNUD), pela Organização Internacional do Trabalho (OIT) e por sua contraparte peruana, o Sistema Nacional de Mobilização Social (Sinamos). Por solicitação do Ministério de Educação e Pesquisa Científica da República da Argélia, elabora o projeto de estruturação da Universidade de Ciências Humanas de Argel, que conta com um projeto arquitetônico de Oscar Niemeyer. Entre junho e julho, assina, em Genebra, um contrato com a OIT para dirigir o projeto PNUD-OIT Per 71.550. Posteriormente, segue para Belgrado, Paris e Madri para visitar e estudar cooperativas e sistemas de participação. Em setembro é contratado como professor visitante do Instituto de Estudos Internacionais da Universidade do Chile e fixa residência em Santiago. Publica os ensaios "Civilización y criatividad" e "¿Qué integración latinoamericana?" e o livro *Os brasileiros: teoria do Brasil*.

1973

Viaja ao Equador para participar de um programa de estudos do Centro Nacional do Planejamento e de seminários nas universidades.

Publica o ensaio "Etnicidade, indigenato e campesinato" e o livro *La universidad nueva, un proyecto*.

1974

Participa, em agosto, do 41º Congresso Internacional de Americanistas, realizado no México, dirigindo um seminário sobre o problema indígena. Em outubro, participa do Ciclo de Conferências nas Universidades do Porto, de Lisboa e de Coimbra, sobre reforma universitária. Em dezembro, regressa ao Brasil para tratamento médico, pondo fim ao seu exílio político. Separa-se de Berta Ribeiro.

Publica o ensaio "Rethinking the University" e os livros *Uirá sai à procura de Deus: ensaios de etnologia e indigenismo* e *La universidad peruana*.

1975

Reassume, em junho, a direção do Centro de Estudos de Participação Popular, em Lima.

Em outubro, participa da comissão organizada pelo PNUD para planejar a Universidade do Terceiro Mundo, no México.

Publica o ensaio "Tipologia política latino-americana" e o livro *Configurações histórico-culturais dos povos americanos*.

1976

Participa do Seminário de Integração Étnica do Congresso Internacional de Ciências Humanas na Ásia, África e América, organizado pelo Colégio do México e realizado na Cidade do México, em agosto. Preside um simpósio sobre o problema indígena, realizado em Paris, em setembro, pelo Congresso Internacional de Americanistas.

Em outubro, regressa definitivamente ao Brasil.

Publica o ensaio "Os protagonistas do drama indígena" e o livro *Maíra*, seu primeiro romance.

1977

Participa de conferências no México e em Portugal.

1978

Participa da campanha contra a falsa emancipação dos índios, pretendida pela ditadura militar brasileira.

Casa-se com Claudia Zarvos.

Publica o livro *UnB: invenção e descaminho*.

1979

Recebe, em 13 de maio, na Sorbonne, o título de Doutor Honoris Causa pela Universidade de Paris IV. A coleção "Voz Viva de América Latina", da Universidade Nacional Autônoma do México (UNAM), lança um disco de Darcy Ribeiro apresentado por Guillermo Bonfil Batalla. No disco, Darcy recita trechos de seu livro *Maíra*.

Publica o livro *Sobre o óbvio: ensaios insólitos*.

1980

Anistiado, retorna ao cargo de professor titular do Instituto de Filosofia e Ciências Sociais da Universidade Federal do Rio de Janeiro. Participa como membro do júri do 4º Tribunal Russell, que se reuniu em Rotterdam, na Holanda, para julgar os crimes contra as populações indígenas das Américas. Integra a Comissão de Educadores convocada pela UNESCO e que se reuniu em Paris, em novembro de 1980, para definir as linhas de desenvolvimento futuro da educação no mundo. A revista *Civilização Brasileira*, em seu volume 19, publica uma entrevista com Darcy Ribeiro sob o título: "Darcy Ribeiro fala sobre pós-graduação no Brasil". É eleito membro do Conselho Diretor da Faculdade Latino-Americana de Ciências Sociais (FLACSO).

1981

Participa como membro da Diretoria da 1ª Reunião do Instituto Latino--Americano de Estudos Transnacionais (ILET).

Publica o romance *O Mulo*.

1982

Participa do Seminário de Estudos da Amazônia da Universidade da Flórida (fevereiro/março). Visita São Francisco e Filadélfia. É recebido na Universidade de Columbia e participa da reunião da Latin American Studies Association (LASA), em Washington. Participa, em abril, do ciclo de conferências na Universidade de Madri.

É eleito vice-governador do Estado do Rio de Janeiro.

Publica o ensaio "A nação latino-americana" e o romance *Utopia selvagem*.

1983

Participa dos Rencontres Internationales de la Sorbonne: Création e Développement.

Assume as funções de secretário de Estado da Secretaria Extraordinária de Ciência e Cultura e de chanceler da Universidade do Estado do Rio de Janeiro.

1984

Como secretário extraordinário de Ciência e Cultura:

1) Planeja e coordena a construção do Sambódromo.

2) Constrói a Biblioteca Pública Estadual do Rio de Janeiro, organizada como um centro de difusão cultural baseado tanto no livro como nos modernos recursos audiovisuais, destinado a coordenar a organização e funcionamento das bibliotecas dos Centros Integrados de Educação Pública (CIEPs).

3) Organiza o Centro Infantil de Cultura do Rio, como modelo integrado de animação cultural, aberto a centenas de crianças.

4) Reedita a *Revista do Brasil*.

Publica o ensaio "La civilización emergente" e o livro *Nossa escola é uma calamidade*.

1985

Coordena o planejamento da reforma educacional do Rio de Janeiro e põe em funcionamento:

1) uma fábrica de escolas, destinada a construir mil unidades escolares de pequeno e médio porte;

2) a edificação de 300 CIEPs para assegurar a educação, em horário integral, de 300 mil crianças.

Organiza, no antigo prédio da Alfândega, o Museu França-Brasil (atualmente Casa França-Brasil), com a colaboração do Ministro da Cultura da França, Jack Lang.

Publica o livro *Aos trancos e barrancos*.

1986

Darcy licencia-se dos cargos de vice-governador e secretário de Estado para concorrer ao pleito fluminense. Deixa para o Estado do Rio de Janeiro vários legados, como o Monumento a Zumbi dos Palmares; a Casa de Cultura Laura Alvim; o Restauro da Fazenda Colubandê, em São Gonçalo; e quarenta atos de tombamento, incluindo 150 bens imóveis, com destaque para a Casa da Flor, a Fundição Progresso, os bondes de Santa Teresa, quilômetros de praias do litoral fluminense, a praia de Grumari, as dunas de Cabo Frio, diversos coretos públicos, a Pedra do Sal e o sítio de Santo Antônio da Bica, de Antônio Burle Marx. Cria a Casa Comunitária, um novo modelo de atendimento para milhares de crianças pobres.

Edita, com Berta Ribeiro, o livro *Suma etnológica brasileira*, em três volumes.

Reintegra-se ao corpo de pesquisadores do CNPq, para retomar e concluir seus estudos de Antropologia da Civilização.

Publica os livros *América Latina: a pátria grande* e *O livro dos CIEPs*.

1987

Assume o cargo de secretário de Estado da Secretaria de Desenvolvimento Social no Estado de Minas Gerais, para programar uma reforma educacional. A convite da Universidade de Maryland (EUA), participa de um ciclo de debates sobre a realidade brasileira. Elabora a programação cultural do Memorial da América Latina, a convite do então governador de São Paulo, Orestes Quércia.

1988

Profere conferências em Munique, Paris e Roma. Comparece à reunião anual da Tribuna Socialista em Belgrado e visita Sarajevo. Viaja a Cuba, México, Guatemala, Peru, Equador e Argentina para selecionar obras de arte para constituir o futuro acervo do Memorial da América Latina.

Publica o romance *Migo*.

1989

Como parte da campanha de Leonel Brizola à presidência da República do Brasil, coordena, nas capitais do país, a realização do Fórum Nacional de Debates dos Problemas Brasileiros. Participa, em Caracas, do Foro de Reforma do Estado, onde fala das Dez Mentiras sobre a América Latina. É reincorporado ao corpo docente da Universidade de Brasília, por ato ministerial proposto pela universidade. Comparece, como convidado especial, ao ato de posse do presidente Carlos Andrés Pérez, da Venezuela. Participa das jornadas de reflexão sobre a América Latina.

Publica o ensaio "El hombre latinoamericano 500 años después".

1990

Participa de debates internacionais na Alemanha (sobre intercâmbio cultural Norte-Sul), e na França (sobre a Amazônia e a defesa das populações indígenas). Integra o Encontro de Ensaístas Latino-Americanos, realizado em Buenos Aires. É eleito senador pelo Estado do Rio de Janeiro, nas mesmas eleições que reconduziram Leonel Brizola ao Governo do Estado do Rio de Janeiro.

Publica o ensaio "A pacificação dos índios Urubu-Kaapor" e os livros *Testemunho* e *O Brasil como problema*.

1991

Licencia-se de seu mandato no Senado para assumir a Secretaria de Projetos Especiais de Educação do Governo Brizola, com a missão de promover a retomada da implantação dos Centros Integrados de Educação Pública (ao todo, foram inaugurados 501 CIEPs).

1992

É eleito membro da Academia Brasileira de Letras, ocupando a cadeira de nº 11. Elabora e inaugura a Universidade Estadual do Norte Fluminense, em Campos dos Goytacazes.

Publica os ensaios "Tiradentes estadista" e "Universidade do terceiro milênio: plano orientador da Universidade Estadual do Norte Fluminense" e o livro *A fundação do Brasil, 1500/1700* (em colaboração com Carlos de Araújo Moreira Neto).

1994

Concorre, ao lado de Leonel Brizola, à Presidência da República.

É internado em estado grave no Hospital Samaritano do Rio de Janeiro.

Publica o ensaio "Tiradentes".

1995

Deixa o hospital e segue para sua casa em Maricá, no intuito de concluir a série de estudos de Antropologia da Civilização, o que acaba por conseguir com a obra *O povo brasileiro: a formação e o sentido do Brasil*. Publica também o livro *Noções de coisas* (com ilustrações de Ziraldo).

1996

Assina uma coluna semanal no jornal *Folha de S.Paulo*. Retoma sua cadeira no Senado e concentra suas atividades na aprovação da Lei nº 9394/1996

(Lei de Diretrizes e Bases da Educação Nacional – Lei Darcy Ribeiro).
Recebe o título de Doutor Honoris Causa da Universidade de Brasília.
Recebe o Prêmio Interamericano de Educação Andrés Bello, concedido pela Organização dos Estados Americanos (OEA).
Publica os ensaios "Los indios y el Estado Nacional" e "Ethnicity and Civilization" (este com Mércio Gomes) e o livro *Diários índios: os Urubu--Kaapor*.

1997

Publica os livros *Gentidades, Mestiço é que é bom* e *Confissões*.
Falece, em 17 de fevereiro, na cidade de Brasília, no dia em que defenderia o seu Projeto Caboclo no Senado.

Leia também, de Darcy Ribeiro

Darcy Ribeiro foi um homem múltiplo: antropólogo, etnólogo, político, educador e um dos mais importantes intelectuais brasileiros, além de ter ajudado na fundação do Parque Indígena do Xingu. *Maíra*, seu romance de estreia, traz para o universo ficcional sua experiência como antropólogo, o que levou o crítico literário Antonio Candido a afirmar: "curioso é o caso de um antropólogo como Darcy Ribeiro, que no romance *Maíra* renovou o tema indígena, superando a barreira dos gêneros numa admirável narrativa onde o mitológico, o social e o individual se cruzam para formar um espaço novo e raro".

Em *Maíra*, o índio Avá deixa o convívio de sua tribo, ainda menino, e parte para Roma com o propósito de se tornar padre e missionário. Seu retorno, acompanhado da carioca Alma, resulta em momentos intensos, que mostram a riqueza da cultura indígena e sua inadequação aos valores hegemônicos da sociedade cristã.

No romance, vê-se a apaixonada defesa da causa indígena, promovida pelo autor durante toda sua trajetória de antropólogo. Embebido por leituras teóricas sobre o universo dos índios e, especialmente, por sua experiência de vida junto a eles, Darcy constrói aqui uma narrativa instigante e envolvente em torno do contato entre o mundo dos conquistadores e o dos conquistados, flagrando os desdobramentos trágicos resultantes desse encontro.

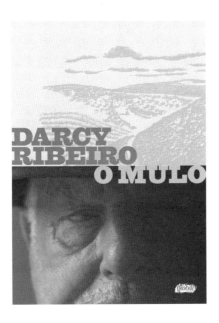

Com suas primeiras linhas gestadas no exílio, *O Mulo* conduz o leitor por uma viagem a um Brasil profundo, aquele dos sertanejos que sofrem diariamente com as asperezas do trabalho no campo.

As histórias destes seres humanos vêm à tona por meio da confissão escrita de um homem que, por sentir estar nos últimos dias de sua vida, decide deixar à disposição de um padre um relato de toda a sua trajetória, desde a infância de menino órfão até a realidade do homem feito, dono de grandes propriedades, de gado e de gentes. De modo intencional, são as vozes destas gentes que Darcy nos faz ouvir, cansadas da exploração desmedida de sua mão de obra, do racismo e das injustiças sociais que vincam suas existências.

Ainda que *O Mulo* possa parecer, num primeiro momento, um romance focado na realidade dos habitantes do sertão, ele reverbera para além desta região, denunciando as agruras vividas por todo o povo humilde desse Brasil.

GRÁFICA PAYM
Tel. (11) 4392-3344
paym@terra.com.br